La Búsqueda en Jedira

Cal Davis

DEDICATORIA

Para Lydia, Attikus, Lillian, y Adonis

¡La lectura debe ser divertida!

RECONOCIMIENTO

<<Me encantó el libro, y si es que hay una secuela, definitivamente la leería. Probablemente fue uno de mis libros favoritos.>> -- Carter, estudiante de secundaria

<<Está muy lleno de acción. Hay mucho suspenso. Una vez que lo empecé, no lo quería cerrar.>> -- Abigail, estudiante de secundaria

<<Buena historia, divertida y llena de acción. Un buen libro para niños.>> -- Daniel, estudiante de secundaria

<<¡Muy impresionada! Espero que se haga una serie.>> --Laura Banks, consejera de secundaria

<<Empecé a leer y literalmente no paré hasta que leí el libro entero. Siento que he conocido a algunos amigos en los personajes (amo a Braven). ¡La acción constante, y el drama mezclado con un poco de humor y fantasía bastan para mantener a lectores jóvenes deseando más!>> -- Sharon Butler, maestra de lectura e interventora

CONTRIBUCIONES

Stephanie Davis, mi Amada, mi más grande apoyo y contribuidora.
Stephen Fowler, escritor de poesía.
Ray Davis, autor de The Promised Dawn.

CONTENIDO

Sección 1

Exploración

<<El viaje educativo del nivel 6 para este año escolar será a...>> La profesora distinguida pausó para aumentar la anticipación. El viaje del año pasado al Bosque Azul había sido una decepción para Braven. Los árboles más altos solo medían tres metros, y había por lo menos cinco metros de distancia entre cada uno. No se parecía en nada a la vegetación del paraíso que era Edén, su planeta de origen.

La clase se había congelado en el tiempo mientras la mujer de complexión clara formaba las palabras en sus labios. La mayoría de la clase tenía que esperar al traductor, pero a los pocos blaukens de la clase se les notaba la expresión de sorpresa justo antes de que los demás escucharan <<...las torres.>>

<<¡Las torres!>> la clase exclamó en asombro y emoción.

La profesora de botánica para la clase 3 del nivel 6 estaba tan emocionada como los estudiantes, ya que este sería para la academia el primer viaje a las inusuales formaciones geográficas. Braven solamente había soñado con ir al lugar del cual sus compañeros hablaban tanto.

Cada año escolar la clase de exploración de la Colonia Delta había explorado un lugar nuevo en su región. El viaje de este año a las torres sería el mejor. Las torres eran de los pocos sitios en el rango Delta que tenían vegetación abundante; en la mayoría de las áreas solo había crecimiento de plantas entre cinco y doce centímetros.

¡Por fin, Braven pensó, *algo de flora interesante!* Se acordaba de la vegetación abundante de su planeta de origen. ¡Cómo anhelaba visitar Edén donde vivían los amigos de su infancia! A sus padres los

habían transferido dos años solares antes a la Colonia
Delta de Jedira, el planeta que orbitaba la estrella Capria
en el sector Capria-Bateli, poco después de que la
colonia se estableciera.

Braven se alegró junto con el resto de su clase.
Miró a cada estudiante para ver su reacción. La mayoría
de sus compañeros habían nacido en otros planetas o
lunas. Algunos eran de la Colonia Alfa, ubicada a
quinientos kilómetros hacia el oeste. Dos estudiantes,
con su hermosa piel morada y falta de nariz humanoide,
siempre cautivaron su curiosidad; eran del Planeta
Bliteque.

Después de las lecciones del día, Braven llegó a su
casa a avisar a su familia. Nunca habría soñado que el
viaje fuera a las torres; pensaba que iba a ser otra vez al
Barranco 2K o al Bosque Azul. Las torres estaban a por lo
menos doscientos veinte kilómetros al este de la
colonia. Mamá los había acompañado en los dos viajes
anteriores como asesora experta. ¡Le encantarían las
torres!

<<¡Las torres!>> Mamá estaba emocionada por el

viaje y por poder acompañarlos. Braven había asumido que ella ya se sabía los planes y que no le quería arruinar la sorpresa. Los dos empezaron una lista de artículos que empacar. A Braven, su maestra le había dado una lista, y la examinaban detenidamente. A pesar de que faltaban catorce días para el viaje, de una vez empezaron a hacer su equipaje.

<<Con que van a las torres, ¿eh?>> Papá, el meteorólogo principal de la colonia, estaba escéptico como siempre. <<Se acordarán de las tormentas infrecuentes...>>

<<Sí, ya sabemos que hay tormentas, y sabemos que no ha habido ni una en casi un año solar>>, Mamá le recordó. <<Son tan infrecuentes, ¿Cuáles son las probabilidades de que llegue una en esos tres días?>>

<<Sólo quiero que estén seguros,>> explicó Papá. <<Hemos tratado de predecirlas, pero nunca hay señales atmosféricas. solo busquen refugio si la flora se cierra.>>

<<Vigilaré de cerca la flora.>> Mamá le recordó que, como botánica de la colonia, de eso se trataba su trabajo.

<<Papá, estaremos seguros,>> Braven le reafirmó. Con eso, Papá se contentó y empezó a ayudar con las preparaciones.

Durante los siguientes días, los compañeros de Braven estaban muy emocionados. Él también estaba igual de entusiasmado por explorar un lugar nuevo. Había soñado con ver vegetación más alta que él de nuevo. Revisó las fotos de la flora que la Profesora Sheer tenía en el salón. Exploradores coloniales habían revisado los alrededores para verificar la seguridad, coleccionar datos, tomar fotografías de la flora, y comunicar los resultados con la colonia. Braven soñaba con estar parado en medio de esas fotos coloridas.

Días después, Braven se encontró en el pabellón central del área común. El área común era el punto de reunión general al aire libre de los deltanos. Siempre que había eventos sociales o de negocios, todos se reunían ahí. Aparte, los puntos principales de la colonia, como la estación central y la cafetería, daban de frente al área común. Braven se encontró con un grupo de amigos y otros adolescentes que se habían reunido ahí.

Dos de ellos eran gemelos idénticos, Dirk y Kirk Brusque. Su padre era director de la colonia, y los gemelos frecuentemente presumían esto con todos.

<<He oído que hay capródromos que viven arriba de las torres cazando todo lo que se mueve, para dar de comer a sus crías,>> Dirk advirtió seriamente.

<<Los capródromos no existen,>> se burló Braven.

<<Y tú, ¿cómo sabes, edenio?>> replicó Kirk.

<<¡Porque solo existen en cuentos de hadas, cloncito!>> Braven respondió. A veces se preguntaba por qué tomaba el tiempo para hablar con ellos.

<<¡Va a ser genial!>> dijo Dirk. <<No habrá ni escuela, ni horario de dormir...>>

<<¡Ni padres!>> los gemelos exclamaron en unisono. Enfatizaron con un pequeño baile de codos y caderas, que al parecer de Braven lo habían ensayado. Se señalaron con el dedo y gritaron <<¡Lo dices porque es cierto!>>

El grupo se reía y los temas de conversación se cambiaban casi justo después de haberse mencionado.

Todos los estudiantes estaban muy

entusiasmados por el viaje, aunque cada uno por razones distintas. Braven y otros por la oportunidad de explorar las enigmáticas torres. A los gemelos y también a otros no les importaba aprender, sino vivir la aventura—y probablemente ver cuántas reglas podían romper.

Braven pasó con su familia la noche antes de partir, y platicaron sobre la aventura y las reglas específicas que sus papás querían que siguiera. A pesar de que su mamá también iba, tendría sus propias responsabilidades que la mantendrían lejos de Braven durante el día. Se sentía muy orgullosa de su hijo y de la manera en que asumía el papel de líder con sus compañeros y de que se esforzaba con sus estudios.

<<¿Dra. Triton?>> llamó una voz desde afuera de su unidad.

Mamá fue a la puerta y salió. Después de unos momentos, entró a mandar a Braven a la cama diciendo que el día siguiente sería muy importante para los dos. Luego volvió a salir a continuar su conversación.

Braven se acostó, pero no lograba descansar. Se

imaginó toda la emoción que estaba a punto de comenzar. Pensó en todos los compañeros que estarían presentes e inclusive en los que tendría que evitar... como los gemelos. Meditó en la flora abundante que había visto en las fotos en su salón. Por varias horas dio vueltas en la cama, pero por fin su mente se relajó y le ganó el sueño.

***

La luz de Capria brillaba afuera de su ventana. Braven se levantó con un salto. ¡Ya era tarde! Se vistió y de prisa se puso los zapatos. Tomando un poco del desayuno que le esperaba, Braven se dirigió a la puerta a asomarse.

<<Mamá,>> gritó hacia adentro, <<No podemos llegar tarde.>>

<<Te levantaste un poco temprano,>> Mamá le contestó, entrando a la sala. <<Todavía faltan dos horas para la hora de entrar.>> Se le notaba una cara seria. Braven sabía que no era una buena señal. <<Escucha, necesitamos hablar.>>

<<¿Qué pasó?>> preguntó él.

<<Braven,>> le comenzó a explicar, <<resulta que no te podré acompañar.>>

<<¿Que qué? ¿Por qué no?>> Braven sintió un golpe fuerte. Siempre le encantaba estar de viaje con ella. Para él era muy divertido estar con ella, y hacía muy emocionantes los viajes de estudios. Aparte de eso, prefería pasar tiempo con ella que con los demás que sí iban.

<<Recuerdas las plantas platsimas de las que hablábamos?>> dijo ella.

<<Las que cultivas como vacuna para aquel virus.>> dijo él con tristeza.

<<Sí, el virus estaltsimo,>> explicó Mamá. <<Bueno, algo pasó con las plantas anoche, y por poco se mueren. No se sabe la causa. El doctor Brusque me ha puesto a cargo de este problema...ya que es mi trabajo. Lo lamento, pero no podemos permitir que este virus vuelva a surgir. Bien sabes que tengo esa responsabilidad.>>

<<Pero, Mamá, ¿no lo podría hacer alguien más?>>

<<Lo siento, pero no. Solo hay dos botánicos, y el otro fue asignado a otro proyecto que requiere toda su atención,>> Mamá explicó. <<No hay manera de que pueda ir esta vez.>>

Braven sabía que el puesto de su madre era muy importante, y que las plantas platsimas eran vitales para la colonia. Se acordaba del último brote, antes del descubrimiento del uso farmacéutico de las plantas. Uno de sus compañeros se había muerto durante la epidemia.

Juntó todo su equipaje y lo colocó en la entrada. Mamá y Papá estaban ahí para ayudarle a llevar todo al área común donde le esperaba el róver. Braven estaba angustiado en su espíritu, pero trató de que Mamá no lo supiera. No sabía si disfrutaría este viaje sin ella.

Al llegar al área común, algunas familias ya estaban esperando. Ahí estaba el róver, y un adulto estaba cargando el equipaje en su almacén. Otras familias seguían llegando hasta la hora de abordar.

<<Hijo, escucha,>> empezó Mamá, <<te vas a divertir muchísimo, así que no dejes que mi ausencia te

lo impida. Habrá mucho que ver y aprender en las torres. Tu profesora es buenísima para explicar y contestar preguntas. Aprovecha este tiempo y demuéstrales a los demás tu diligencia. Eres un joven maravilloso, y solo espero lo mejor de ti.>>

Braven se acordó de la frase que sus compañeros siempre repetían,

¡Lo dices porque es cierto!, pero no tenía ganas de usarla. Sabía que sus padres estaban orgullosos de él. Mamá siempre había estado ahí para apoyarlo. Este sería su primer viaje sin ellos. ¿Cómo sería este viaje sin ella? Lloró por dentro.

Braven se sentía solo mientras veía por la ventana del róver a Mamá y Papá despedirse de él. Siempre había tenido a sus padres cerca, y lo disfrutaba. Se esforzó para sonreír y levantó la mano para decirles adiós. Los siguió mirando mientras el róver se alejaba. Los amaba mucho y estaba orgulloso de tener una familia tan cercana. Sabía que este sería un largo, largo viaje.

Sección 2

Las torres

Después de varias horas, el róver llegó a las torres. La clase de dieciséis estudiantes y tres instructores adultos empezaron a armar las tiendas. Dos adultos más ya habían llegado al sitio a hacer la exploración preliminar. El róver más grande estaba estacionado con el vehículo más pequeño al lado occidental de una de las formaciones, y el equipaje estaba ya organizado en frente de ellos. Todos ya estaban ansiosos por explorar, así que unas últimas instrucciones y detalles fueron mencionadas rápidamente. A los estudiantes se les dieron instrucciones de permanecer en grupos de por lo menos tres, de no alejarse a más de cien metros del campamento, y de regresar antes del anochecer.

Las torres eran formaciones de piedra que salían del suelo como pilares. No tenían ningún patrón geológico identificable en cuanto a su arreglo. Cada una de las trece torres medían entre diez y cientos de metros de alto, y de ancho entre doce y cien metros. Estaban parados tan rectos y derechos como seguramente habían estado por siglos. La vegetación crecía por todos lados de estas estructuras, y también entre ellas en el suelo. Plantas extrañas volaban en el viento como banderas en las cimas de las piedras; esporas flotaban en el aire más tranquilo cerca del suelo. Las plantas crecían hasta cinco metros adentro del círculo irregular que formaban las torres.

A Braven le pusieron en un equipo con dos chicas: Rochet Valenst, que tenía doce años y hacía observaciones usando la lógica y, al parecer, no le temía a nada; y Valema, que era un año más joven y era muy dulce, pero Braven no la conocía muy bien. Se estaban preparando para ir a estudiar algunas muestras cuando a Braven se le acercó la Profesora Sheer. Ella les preguntó, si dos compañeros más podían unirse a su equipo, ya que no tenían a una tercera persona. Los tres dijeron que sí, sin saber que se refería a los gemelos.

¡Tiene que ser una broma! pensó Braven. Precisamente ellos eran a los que quería evitar para disfrutar del viaje. *¿Y si le digo a la profesora que no los queremos?* Braven lo pensó, pero no quería causar conflicto con ellos. No es que le cayeran mal, solo que no eran los que él escogería para que fueran sus amigos, mucho menos para compañeros de investigaciones. Decidió que después de sobrevivir las pocas horas que quedaban de ese día, el siguiente sería mucho mejor.

Comenzaron las exploraciones preliminares con la esperanza de descubrir nuevas especies de plantas y otras especies interesantes. Braven estaba muy enfocado en sus inspecciones de la rara vegetación y en las formaciones rocosas. Tomaba notas de nuevos tipos de plantas y coleccionaba muestras pequeñas en los contenedores. Seguramente ya se habían descubierto en visitas anteriores, pero estaba ansioso por hacer un nuevo hallazgo.

Después de un rato, el grupo decidió explorar más hacia el norte. Braven quería que todos se fueran al mismo paso, pero los gemelos seguían adelantándose mientras las niñas y él se quedaban atrás para examinar sus alrededores. Los niños estaban corriendo, arrancando hojas de las plantas, y aventándose semillas. El grupo se alejaba más y más del campamento y ya casi se hacía de noche.

<<Oigan, chicos,>> llamó Braven, <<tal vez deberíamos regresar al campamento. Se va a hacer de noche muy pronto, y nos dijeron que no fuéramos muy lejos >>

<<¡Tienes las agallas de un hithmod! Si vas a estar en nuestro equipo, tendrás que ser valiente y aventurero como nosotros,>> le respondió uno de los gemelos.

<<Ser valiente no tiene nada que ver con desobedecer las reglas,>> respondió Braven.

<<Escuchen,>> añadió el otro niño, <<si quieren regresar ahora, está bien. Nosotros vamos a quedarnos

aquí afuera un rato más.>>

<<Está bien. Nos vemos en el campamento,>> resolvió Braven mientras él y las chicas empezaron a caminar de regreso. Oyó a los gemelos seguir hablando y supuso que era para que él los escuchara. <<Que se vaya el jizwotcillo.>>

<<¿No crees que nos va a acusar?>>

<<¿A quién le podría decir que Papá le creyera? ¿Y aparte quién le creería a él?>>

Braven estaba enojado por cómo lo habían tratado, pero por miedo no les respondió. Sabía que se saldrían con la suya de todas formas, y no quería que lo culparan a él por las acciones de ellos.

Al llegar al campamento, les preguntaron a los tres por los gemelos.

<<Eh, al rato llegan,>> contestó Braven, evitando la pregunta.

Justo cuando se prendieron las luces del campamento, Kirk y Dirk llegaron de una de las torres. Braven sintió un alivio, aunque no había hecho nada malo. Nadie dijo ni una palabra acerca de su tardanza.

Braven esperaba que no tuviera que juntarse más con ellos durante el resto del viaje.

Braven pensó en su familia para olvidarse de su descontento. Mamá seguramente entretendría al grupo con sus historias de la flora, fauna, y civilizaciones de otros planetas. Ella era la más sociable de su familia, mientras Braven se parecía más a su Papá—callado y precavido. Él amaba a sus padres y a veces se imaginaba cómo habría sido su hermano. Jhard se había muerto en una epidemia justo después de que Braven naciera. Los tres se acordaban de él durante su tiempo en familia y en sus oraciones.

Braven estaba asombrado por el cielo majestuoso de noche. La luna más grande de Jedira, Wilstor, ya había salido justo cuando la más chica Kadyen se iba bajando, las dos en el horizonte oriental. Los hermosos colores que inundaban las esferas tenían a sus observadores hipnotizados. Un día le preguntó a su padre si las lunas alguna vez chocarían, ya que orbitaban en direcciones opuestas. Papá le contestó con una respuesta muy inteligente que no parecía contestar su pregunta directamente, pero Braven sentía que la respuesta era que no.

Ya habían armado las camas para descansar. Eran tubos sintéticos colapsables de un metro de alto por dos metros de largo, a prueba de líquido y de frío. Tenían una función para calentarse automáticamente y eran muy cómodas. Braven hasta tenía una en su habitación durante los últimos dos años.

Braven se acostó con una paz relajante y una sensación de seguridad. Al cerrar los ojos, se preguntó por qué las plantas platsimas habían empezado a marchitarse y si Mamá ya había solucionado el problema. Se reafirmó que ella era una excelente botánica, y si alguien podía solucionar el problema era ella. Seguramente estaba en casa, pensando en el viaje, y deseando estar ahí con Braven tanto como él quisiera que ella estuviera ahí con él.

* * *

<<¡Despierta, dormilón!>> gritó una voz mientras se sacudía la cama.

<<¡Ya me levanté!>> dijo Braven mientras se

vestía. Asomó la cabeza para oler la frescura de la mañana. El suelo estaba húmedo por el rocío nocturno que cubría todo e hidrataba la vegetación.

Parecía que todo el campamento se había levantado antes que Braven. Algunos estudiantes se estaban preparando para salir, otros se estaban devorando su desayuno, y otros simplemente estaban observando la naturaleza. Braven tomó sus raciones de comida y se sentó en el borde del campamento. Le encantaba la naturaleza— aunque nada se comparaba con el esplendor de Edén.

<<Buen día,>> una voz interrumpió la serenidad. Braven volteó y vio a Khara Lucent. Su cabello corto castaño y ojos cafés hacían conjunto con su personalidad temeraria.

<<Buen día,>> respondió Braven.

<<Ojalá tu madre hubiera venido. Es genial," dijo alegremente.

Braven sonrió. Todos querían a Mamá.

<<Veo que esta mañana estaremos en el equipo de la profesora Sheer,>> dijo Khara, esperando su

respuesta.

<<¿En serio?>> Braven no había checado la lista de los equipos. <<¿Quién más?>>

<<Hope Sucrease, la chica que se sienta en la primera fila del salón.>> Khara señaló a la compañera que parecía que todos conocían por el sistema Radzier. Tenía una personalidad tan atractiva y era muy amigable con todos.

<<Whisper,>> dijo Khara.

Whisper Chaste. La chica más femenina de todas. Con voz suave y dulce y con pavor hasta de la mínima mención de cualquier criatura pequeña que le pudiera tocar.

<<Ah, y también los gemelos,>> añadió ella, como si fuera un detalle insignificante.

Braven dio un suspiro profundo. Sabía que no iba a poder realizar muchas inspecciones ni juntar muchas muestras esa mañana. Ellos solían burlarse de los temores de Whisper, así que Braven sabía que iba a ser una mañana interesante. Se preguntó por qué sus caminos coincidían tanto. Se lamentó por dentro. Tal vez los equipos de la tarde serían diferentes.

La Profesora Sheer los reunió a todos, les dio instrucciones, y dividió el grupo en sus equipos. Había un líder adulto por equipo, y tenía a su cargo cinco o seis estudiantes. Entregaron los suministros a cada equipo. Les dieron instrucciones sobre qué tipo de muestras podían tomar, se les advirtió que no causaran daños de ningún tipo al entorno, y que escucharan las instrucciones del líder de su equipo. Se pusieron de acuerdo en cuanto a la hora que debían regresar al campamento, y si alguien se encontraba separado, que regresara al campamento que era la base de operaciones.

El equipo de Braven se dirigió a la sección norte del círculo interior. Juntaron muestras e hicieron mapas, dibujos, y tomaron fotos de su área asignada. Algunas plantas les eran muy familiares, otras se podían encontrar en el invernadero de la colonia, y otras les eran todavía desconocidas. Enredaderas colgaban de las torres. Hojas enormes daban sombra en partes de su camino. Flores de todas formas, colores, y diseños estaban amontonadas sin arreglo reconocible. Había vegetación parasítica pegada a sus huéspedes. La belleza de la flora iba más allá de lo que pudieran haberse imaginado.

Braven estaba absorto en las maravillas. No había notado cuánto habían avanzado los otros hasta que la Profesora Sheer lo llamó para que los alcanzara. Juntó su material y sus muestras y se apresuró para reunirse con los demás.

Whisper gritó. Dirk la había sorprendido con una "criatura" que había formado de un palito. Hasta parecía que le gustaba que la asustaran, y los gemelos siempre estaban listos para hacerlo. Los gritos y las risas llenaban el aire mientras los gemelos la torturaban con esas "criaturas".

Braven encontró un arbusto de flores. La palabra "hermoso" no podía describir tal elegancia. Bajó su mochila y abrió un frasco. Estaba cautivado por el número de colores en una sola planta. Mientras tomaba la muestra, se preguntó por qué las plantas tenían tanto color si no había insectos ni animales. Normalmente los colores eran para atraer insectos que pudiesen distribuir las esporas a otras plantas. Nunca le había preguntado eso a Mamá, pero decidió que lo haría cuando la volviera a ver.

Braven tomó su muestra y continuó con su equipo. Se estaba hartando del ruido y las tonterías de los gemelos y los gritillos de Whisper, pero trató de ignorarlos.

La profesora Sheer volvió a juntar al grupo para explicar ciertos aspectos de la flora. Como siempre, sus explicaciones inspiraron a Braven y a otros. Ella sugirió que se acercaran a uno de los monolitos a examinar las enredaderas que estaban agarradas de las piedras. El equipo se dirigió hacia ese rumbo, pero se paró a examinar una flor que medía más de cincuenta centímetros de circunferencia. Hasta los gemelos se sorprendieron por su tamaño.

<<Profesora Sheer,>> Braven inquirió, <<¿por qué existen tantas flores tan coloridas a pesar de que no hay insectos ni animales para distribuir su polen?>>

<<Muy buena pregunta. ¿Alguien sabe?>> La

profesora Sheer era muy buena para utilizar preguntas en su enseñanza.

Silencio.

<<Estas plantas son autopolinizadoras, lo que significa que se polinizan solas para reproducirse,>> ella explicó. <<Los pioneros en Jedira tuvieron que introducir estas especies de plantas porque los insectos que ellos trajeron no sobrevivieron. Para tener flora, las plantas se tenían que polinizar solas.>>

<<¿Y por qué no sobrevivieron los insectos?>> preguntó una de las chicas.

<<No se sabe exactamente. Tal vez la humedad, las condiciones atmosféricas, la fragilidad de los insectos...>> La maestra respondió.

<<¿Por qué no han introducido fauna aquí?>> preguntó Braven.

<<Aparentemente todavía no estamos en esa fase del plan de colonización. Lo harán según los tiempos planeados por los oficiales. Colonizar un planeta toma aproximadamente un siglo, ya que requiere el acondicionamiento atmosférico, la introducción de flora,

y después, de fauna y humanoides. Los humanoides han estado en Jedira por aproximadamente doce años solares. A mí me sorprende que no introdujeran la fauna desde mucho tiempo atrás.>> La profesora Sheer dio su opinión profesional.

Tenía sentido. Si la fauna no se introdujo, entonces los científicos a cargo del plan de colonización debieron haber determinado que no había suficiente comida para ella. Aparte, tenían que averiguar cuáles criaturas podrían sobrevivir ahí. Braven se sentía contento por su pregunta y por la respuesta de la profesora.

Lentamente se aproximaban a su destino esperado. Había mucha conversación, y cada uno mencionaba sus flores favoritas para examinar. Rojas, amarillas, verdes, azules, moradas. Era una plétora virtual de color y diseño.

Whisper gritó. Esta vez fue diferente a cuando estaba jugando. Corrió detrás de Dirk.

<<Esa planta me apretó la pierna!>> exclamó y señaló a una hoja grande que se estaba cerrando. Otras

plantas siguieron su ejemplo.

Alrededor de ellos, el follaje se movía. Las flores se cerraron y las hojas se abrazaron a sus troncos hasta que la vegetación parecía desaparecer. ¡Qué sensación más tenebrosa! Braven se acordó de la fascinación que su madre tenía con la adaptación única de la vegetación justo antes de una de las tormentas violentas que plagaban Jedira. Ella había descubierto que justo antes de la llegada de una tormenta, la vegetación parecía protegerse. Alrededor de Braven, la vegetación estaba haciendo precisamente eso. Las formaciones que antes florecían con vida ahora parecían parte del desierto Shondum.

Braven gritó, <<Profesora Sheer, necesitamos buscar refugio. ¡Se acerca una tormenta!>>

Segundos después, el viento se hizo más fuerte. Su ropa y cabello se movían de un lado para otro. La profesora Sheer gritó que todos buscaran protegerse. No había tiempo para regresar al campamento así que los siete rápidamente encontraron refugio en los espacios entre las torres. Un relámpago cayó en el suelo donde habían estado solo unos segundos antes.

Braven se acordó de las advertencias de su padre de las tormentas. Las anteriores habían llegado tan repentinamente que sorprendieron a muchas personas. El viento soplaba violentamente a cientos de kilómetros por hora. Los relámpagos caían vertical y horizontalmente, dañando el suelo y las estructuras cercanas con una fuerza explosiva. Cualquiera que no tuviera refugio podría ser golpeado por los rayos o literalmente llevado por el viento.

El aire violento batía la ropa de Braven de manera sorprendente, y los relámpagos pulverizaban el suelo y las torres a solo unos metros de ellos. El ruido fuerte de las explosiones y gritos del viento los torturaban. Piedras y escombros les golpeaban, penetrando su ropa y piel.

El suelo entero se estremecía como en un evento sísmico. Un rayo horizontal cayó justo por encima de las cabezas de Khara y Dirk, causando que cayera sobre el grupo una nube de polvo y piedras. Esto los sacó de su escondite, pero rápidamente buscaron refugio de nuevo. Cerraron los ojos, y con sus caras cubiertas suplicaron que no les cayera un rayo directo.

El viento daba su aullido y los rayos eléctricos caían demasiado cerca, lo cual tenía a Braven al borde de su sanidad. Apenas podía mantener la calma por el temor de un rayo directo a su cuerpo. No había dónde esconderse, y todos estaban vulnerables. Se tensaban sus músculos con cada choque de energía. Sus gritos para aliviar la tensión no se podían oír por todo el ruido que había alrededor. ¿Podrían sobrevivir un golpe directo? Su mente corría a mil por hora por el temor a lo desconocido que le atormentaba.

La tormenta seguía y seguía. Braven podía sentir en su cuerpo el fuerte viento que quería arrastrarlo de su lugar de seguridad. Le pegaban piedras en diferentes partes de su cuerpo, causando dolor insoportable. La arena se sentía como pequeñas agujas lastimándole la piel. ¿Cuándo terminará?

Braven escuchaba los gritos de sus compañeros. Explosiones gigantes de los rayos venían de todas direcciones. El aullido excesivo del viento le lastimaba los oídos. Gritó. La combinación de los ruidos era abrumadora. Él cubrió sus oídos y rezó por un alivio.

Sección 3

La búsqueda

Braven escuchó. El aullido había desaparecido; ya no se sentían más golpes. La tormenta había terminado tan pronto como empezó. Abrió los ojos y se sacudió la cara y el cabello. Las miradas de susto de los demás debajo de su cubierta de polvo revelaba su shock interno. Su ropa estaba rota y su cabello despeinado. Lentamente cada uno salió de su resguardo.

Regresó la vegetación. Las flores volvieron a abrirse; las hojas relajaron su agarre de los troncos. Un mundo se volvió a abrir ante sus ojos. La naturaleza regresó a su belleza original, excepto las cicatrices y los cráteres que había por todo el suelo y por los costados de las torres. Había piedras en todas partes que se habían caído de las torres. La vegetación otra vez abierta cubría el suelo que ya había regresado a su hermosura original. Todo estaba tranquilo.

Los compañeros se examinaron. Todos estaban cubiertos de cortadas y moretones. Kirk tenía una pequeña rama encajada en el brazo; Dirk lo sacó mientras su hermano gritaba. Whisper estaba traumada mientras Khara la consolaba. La mente de Braven estaba corriendo por todo lo que acababa de suceder.

De repente la misma duda entró en los pensamientos de todos como si alguien les hubiera preguntado. Los ojos de cada uno buscaban desesperadamente. ¡Faltaba alguien! ¡La profesora Sheer no estaba! ¡Y tampoco Hope! Los cinco las llamaron sin respuesta. Se separaron para buscar por el área, pero no las encontraron. ¿Dónde estaban? Tal vez se habían quedado atrapadas en sus escondites durante la tormenta. Después de haber buscado por todas partes, se juntaron otra vez.

<<¿No estaban juntas?>> se acordó Braven.

<<¿Qué vamos a hacer?>> lloró Whisper.

<<Regresemos al campamento,>> dijo Dirk.

<<No podemos dejar a la profesora Sheer y a Hope aquí afuera solas,>> les recordó Khara.

<<Esperen,>> empezó Braven. <<Los dos tienen razón. Necesitamos regresar, pero no podemos irnos sin ellas. ¿Por qué no nos mantenemos juntos, seguimos buscando, y luego regresamos al campamento por ayuda? Tal vez se perdieron en la tormenta y ellas nos están buscando a nosotros. El campamento es nuestra base, y teníamos que regresar para el mediodía, así que probablemente terminarán ahí.>>

Dirk no quiso discutir. Parecía lo más lógico por el momento. Braven sintió alivio; sabía que necesitaban a la profesora Sheer y tenían que encontrar a Hope. Debían regresar al campamento, pero más que nada, necesitaban permanecer juntos. Los cinco las buscaron por una hora más, pero no se hallaron rastros de ellas.

Finalmente regresaron al campamento a reportarlas como desaparecidas. Después de la tormenta, no quedaban pertenencias de nadie. Las herramientas, muestras, equipos, todo había sido arrastrado por la tormenta. El grupo hizo un chequeo final de su área y regresaron al campamento.

Durante su camino de regreso, vieron que algunas de las torres más pequeñas se habían derrumbado. Sabían que los vientos habían sido muy fuertes, pero esas torres eran de piedra sólida. Habría requerido de un poder enorme para derribarlas. Luego se dieron cuenta de la seriedad de las tormentas, y de que no eran simplemente un cuento de niños mayores para asustarlos.

Al llegar al campamento les vino una sensación de incredulidad y de terror. Lo que quedaba del róver más grande había sido aventado hacia adelante y aplastado de frente en una de las torres con una roca gigante encima. No quedaban esperanzas de que algún día esa máquina volviese a andar. Pequeñas aperturas en la puerta y ventanas dificultarían mucho que uno entrara. El róver más pequeño no estaba presente. Trozos de maquinaria y otros vehículos estaban regados por todo el sitio. Whisper empezó a llorar, y los otros también querían hacerlo.

<<¡Hola!>> Khara gritó.

<<¿Hay alguien aquí?>> Dirk llamó.

Contestaron voces al lado izquierdo del róver. Eran Jauris Keen y Blamtaurzhan Sqararhm, a quien todos le decían Zhan. Braven pensaba que Jauris tenía que ser el niño más inteligente de todos, y hasta lo aparentaba, sin embargo, era el más torpe e ingenuo de todos.

<<¿Dónde están los demás?>> Khara preguntó.

<<No sabemos. Ustedes son los únicos a los que hemos visto,>> contestó Jauris. <<Los demás de nuestro equipo desaparecieron.>>

Una sensación de pavor cayó sobre el grupo. ¿Dónde estaban los demás? ¿Podrían haber perecido en la tormenta? ¿Podrían estarlos buscando ellos en ese instante? ¿Ya que el róver estaba destruido, cómo regresarían a casa? ¿Cómo se comunicarían con Delta para decirles lo que pasó? Todos estaban en shock.

<<¿Ahora qué hacemos?>> sollozó Whisper.

Braven pensó. Se acordó del entrenamiento de

supervivencia que le habían dado cuando su familia llegó a Jedira. La seguridad de la colonia y los entrenamientos parecían alejar el temor de los problemas y de los incidentes de amenaza de muerte. Antes del viaje escolar, todos recibieron instrucciones y técnicas básicas de supervivencia, pero estaban tan entusiasmados por el viaje que no pusieron mucha atención a los entrenamientos.

Braven sugirió que todos juntaran las cosas para ver qué tenían a su disposición. Dirk quería investigar en el róver así que Braven pidió que alguien le ayudara para que no estuviese solo si algo le llegaba a pasar.

Los gemelos y Zhan empezaron a examinar el róver y a juntar todo lo que podían. Braven, Khara, Jauris, y Whisper recolectaron todos los escombros con esperanzas de hallar algo de valor o que les sirviera. Asumían que los adultos y los demás compañeros regresarían al campamento dentro de poco tiempo.

Después de juntar todo lo que pudieron, descansaron y se consolaban unos a otros. Duelo mezclado con temor abrumó al pequeño grupo por la posibilidad de pérdida de vidas, y por su propio futuro cuestionable. La clase estaba programada para partir en la tarde del día siguiente para llegar a la colonia antes del atardecer, así que supusieron que alguien vendría a rescatarlos al ver que no llegaban.

Ya se bajaba Capria, y Wilstor estaba en su punto más alto. Decidieron buscar al resto del grupo en la mañana. Todavía tenían esperanzas de encontrar a alguien, tal vez a uno de los adultos.

<<Tengo hambre,>> Zhan puso la mano en su estómago. Otros dijeron que ellos también.

Dirk abrió los suministros de comida y empezó a servir a cada uno lo que pedía. No habían tomado alimentos desde la mañana, así que la comida fue muy bien recibida. Como no habían encontrado las camas, cada uno encontró un lugar para dormir bajo la luz de Wilstor. Braven tomó un espacio a un lado de la roca que estaba sobre el róver. Quitó los escombros y se acostó.

La mente de Braven corría sin control. Se acordaba de cuando Papá le advertía acerca de las tormentas repentinas. ¿Dónde estaban los demás? Si estaban muertos, ¿Por qué no encontraban sus cuerpos? Si estaban muertos...se sintió mal del estómago solo por pensarlo. ¿Regresaría la tormenta en la noche para acabar con el resto de ellos mientras dormían? ¿Estarían del todo seguros esa noche? Finalmente se enderezó para ver la belleza celestial y calmar su mente de tantas interrogaciones. Notó un poco de movimiento a un lado de su róver. Khara estaba caminando casi dormida.

<<¿Estás bien?>> preguntó Braven, saliendo de su lecho.

Khara volteó con Braven. Su cara apenas se distinguía por la poca luz detrás de ella. Se acercó lentamente. <<Sí, pesadillas nada más,>> le dijo, sentándose a un lado de él. <<No puedo creer que haya pasado esto.>>

<<Ni yo.>> A Braven le costó pensar en las palabras correctas. <<Demasiadas preguntas sin respuesta. ¿Dónde están los adultos y los otros? ¿Acaso el viento se los llevó a todos?>>

<<No sé, pero tenemos que hacer lo que podamos para encontrarlos,>> ella le comentó. Braven estaba de acuerdo.

Después de un poco de silencio, Braven le confesó, <<Siempre quiero tomar las decisiones correctas, pero los gemelos se oponen.>> Pensó en Dirk y en Kirk y en cómo siempre le contradecían todo lo que decía. <<Solo quiero irme a casa.>>

<<Todos nos queremos ir, y estás haciendo un buen trabajo,>> le consoló. <<No dejes que esos dos te molesten.>>

Después de una larga pausa, empezó Braven, <<Khara, ¿qué vamos a hacer? No hay adultos. No hay róvers en servicio. ¿Tendremos suficiente comida hasta que llegue alguien por nosotros? ¿Y si nadie viene nunca a recogernos?>> Braven se estaba desesperando.

<<Braven, todos vamos a estar bien. Siempre nos ayudas a tomar buenas decisiones...decisiones que tienen sentido. Me alegra mucho que tú estés aquí.>> Bajó la voz y dijo, <<Solamente no dejes que los gemelos tomen decisiones por nosotros. ¡O terminaremos

muertos!>>

Braven miró fijamente a su compañera. Seguramente tenía razón.

Después los dos voltearon a ver el cielo profundo y oscuro, identificando varias constelaciones para olvidarse de su situación actual, y luego localizaron dónde iban a dormir esa noche. Ninguno logró dormirse profundamente por la presión de las preguntas sin respuesta que atormentaban sus mentes.

A la mañana siguiente, todos amanecieron empapados por estar expuestos al rocío nocturno. Tenían suficiente agua, gracias a Jauris, y la comida era suficiente para durar todo el día. Jauris había hecho un aparato estolacio para juntar agua del rocío de la noche. Era un aparato simple creado y utilizado específicamente en Jedira, que se había modificado de herramientas similares de otros planetas.

Decidieron buscar alrededor de las torres por dentro del perímetro, y después hacia adentro del círculo. Por dondequiera que buscaran, no había señales de los demás. De hecho, tampoco había señales de la tormenta que había pasado apenas el día anterior, debido a la riqueza de la vegetación. Después de una larga mañana de formar sus propios caminos a través de la densidad de las plantas, ya los músculos les dolían y no había rastro alguno de otros humanoides, así que decidieron regresar al campamento.

<<Necesitamos racionar la comida. Tenemos suficiente agua del rocío gracias al aparato de Jauris, pero se nos podría acabar la comida,>> explicó Braven.

<<¿Racionar? ¡Olvídalo, yo tengo mucha hambre!>> gritó Dirk.

<<Dirk, todos tenemos hambre,>> dijo Khara, <<pero tenemos que conservar la comida ahora, o no tendremos para después.>> Khara era muy buena para convencer.

<<Entonces, ¿cuánto es una porción?>> preguntó Zhan.

<<Pues, ya que solamente encontramos un paquete de comida, tendré que calcular cuánto nos debe de durar de acuerdo a cuántos somos. Es un cálculo muy sencillo.>> Jauris explicó. Khara le ayudó a

determinar cuánta comida tenían y a calcular las porciones. Jauris compartió la decisión con los demás y la mayoría de ellos estaba de acuerdo, aunque algunos tenían dudas.

Todos encontraron un lugar para relajarse. Jauris distribuyó una merienda ligera de los suministros al grupo, teniendo mucho cuidado para asegurarse que todos recibieran la misma cantidad, y así fue. Luego volvió a contar las porciones rápidamente antes de sentarse a comer la suya.

Una conversación empezó entre los individuos. La caminata de la mañana fue un poco más larga de lo esperado, pero encontrar al grupo perdido era la prioridad en la mente de todos.

<<En la tarde vamos a buscar por fuera del círculo para ver si encontramos algo. Los demás no podrían haber desaparecido así nada más,>> Braven anunció. <<¿Quién sabe? Tal vez nos están buscando a nosotros.>>

<<Ojalá nos encontraran más pronto,>> comentó Zhan. Los demás dijeron lo mismo.

Capria estaba directamente por encima de ellos. El calor de la luz solar estaba en su punto ideal. Todos lo quisieron aprovechar. El viento estaba soplando tranquilamente, y había olor a la flora en el aire. Un ejemplo perfecto de tranquilidad.

<<Se suponía que partiéramos del planeta a esta hora, para que llegáramos a casa antes de que oscureciera,>> dijo Braven, rompiendo el silencio. <<Eso quiere decir que cuando no lleguemos, y la colonia se dé cuenta de que no nos pueden contactar por radio, mandarán un equipo de rescate por nosotros.>>

<<¿Y cuándo vendrán?>> preguntó Whisper.

<<Deben mandar a alguien esta noche o mañana temprano, ¿no creen?>> Braven les preguntó a los gemelos. Pensó que eso les ayudaría a sentirse parte las decisiones que se tomaban, y además su padre era el director de la colonia.>>

<<Eh, supongo,>> Kirk pensaba en cómo responder. <<Es probable.>>

<<Entonces, ¿cuánto se tardarán en llegar?>> siguió preguntando Whisper.

<<Probablemente alguien vendrá en la mañana.>> Braven la trató de consolar.

Con ese pensamiento alentador el grupo se reanimó. Siguieron buscando por el perímetro con las torres a su izquierda y las llanuras a su derecha. Caminar por el contraste del paisaje de los dos lados, hizo a Braven preguntarse por qué la flora no se había esparcido hacia las áreas más abiertas.

Después de unas horas caminando y buscando, llegaron al campamento. Jauris preparó su aparato estolacio para cosechar más agua y distribuyó una pequeña porción. Todos se acostaron lo más cómodos posible con la expectativa de ver a alguien de Delta cuando despertaran.

Braven se dio cuenta de que la mayoría del grupo lo había empezado a seguir como líder, mientras él veía a Khara como una mejor líder que él. Sin embargo, ella siempre dejaba que él asumiera el liderazgo. Le gustaba ser líder, pero no quería ser el jefe o verse arrogante. Cuidadosamente vigilaba que no llegaran peligros que les pudieran afectar y que la comida no se acabara. Se esforzaba para incluirlos a todos, especialmente a Dirk y a Kirk, en las discusiones y en las decisiones que se tomaban. A pesar de todo esto, los gemelos lo veían con desprecio. Estaban celosos de su nueva <autoridad> y habían desarrollado actitudes pesimistas y rebeldes que frecuentemente se les notaban.

Braven miraba el cielo desde su pequeña cama. Le encantaba ver las estrellas y los dos satélites de Jedira. Le encantaba ver la variedad de colores que aparecían cuando Wilstor y Kadyen se acercaban. No duraba mucho tiempo ya que Wilstor pasaba muy rápido por el cielo, pero por esos segundos se podía apreciar una iluminación increíble de una abundancia de colores. Claro, Papá ya le había explicado este fenómeno a Braven, pero no se acordaba bien de los detalles. Simplemente sabía que era un evento espectacular que le encantaba ver. Dentro de poco tiempo no lo vio más, porque sus ojos se le cerraban de sueño.

Sección 4

La espera

Llegaron la mañana y la tarde del día siguiente sin que nadie llegara a su rescate. Un día más pasó sin que nadie apareciera. Se estaba acabando la comida, lo cual ponía a prueba los temperamentos. Sabían que algo andaba mal en la colonia ya que parecía que se les habían olvidado. Habían determinado regresar a la colonia, se irían cuando saliera Capria. Ya que el róver estaba destruido, tendrían que caminar doscientos veinte kilómetros a casa.

Se hicieron las preparaciones. Empacaron todo lo que pudiera servir para preservar la vida, incluyendo el aparato estolacio de Jauris. Encontraron dos recipientes para agua dentro de lo que quedaba del róver. Estos fueron llenados con el líquido cosechado junto con los contenedores del estolacio. Khara encontró piezas pequeñas de metal roto del róver que se podrían usar como palas u otras herramientas.

Una vez completadas las preparaciones, los siete casi adolescentes empezaron su viaje hacia el oeste por el extenso terreno. El pasto azul solo les llegaba a los tobillos, y había pocos árboles. Había poco cambio de altitud, lo cual les ayudaba en su camino. A muchos kilómetros de distancia en todas direcciones había pilares de tierra y formaciones de piedra cubiertas de verde y azul. Por algunas partes había enredaderas amarillas; de algunas de ellas Braven había tomado muestras su primer día en las torres. El escenario era muy hermoso.

Después de que salió Capria, Braven sugirió que descansaran un poco. Podía ver como los gemelos lo miraban. Se sentó a un lado de Jauris para determinar las porciones de comida y agua. Jauris dijo que la recolección diaria de agua sería suficiente para todos, pero quedaba muy poca comida. Khara se les acercó y preguntó si la vegetación alrededor era comestible.

Braven se acordó de que su madre había dicho que el pasto no era venenoso, pero tampoco tenía suficiente valor nutrimental para sostener la vida humanoide. <<No creo que eso nos ayude,>> le contestó.

<<Y tú, ¿cómo sabes?>> interrumpió Kirk.

<<Kirk, Mamá dijo que el pasto no era venenoso, pero...>>

<<Entonces, ¿Por qué no comemos el pasto?>> Kirk le respondió.

<<PERO, no hay nutrientes en el pasto,>> terminó Braven.

<<¡Siempre piensas que tienes todas las respuestas!>> Kirk le gritó.

<<¡Entonces tú cómetelo si quieres!>> Braven le contestó.

<<Suficiente chicos,>> dijo Khara.

<<Entonces, ¿qué se supone que comamos? No veo nada comestible por aquí, ¿y ustedes? No sé ustedes, pero yo me muero de hambre.>> dijo Kirk. Su

hermano y Zhan dijeron que ellos también.

<<Escuchen, ya encontraremos algo. Por ahora solo tenemos que cuidar lo que tenemos. Cuando lleguemos a la colonia, podrán comer todo lo que quieran,>> les dijo Braven.

<<Si es que llegamos,>> gruñó Kirk.

Después de tomar un poco de agua y comida, el grupo siguió su camino.

Caminaron en una línea directa hacia el oeste. Braven tenía cuidado de mantener la vista en un punto fijo para no desviarse de su destino. Kilómetro tras kilómetro avanzaban lentamente. Había muy poca interacción entre ellos.

Capria ya había empezado a bajar. Braven sugirió que pararan para pasar la noche. Nadie le discutió. El día había sido muy difícil y con muy poco sustento. Jauris distribuyó lo que quedaba del agua y a cada uno su porción de comida. No hubo mucha plática. Jauris armó el aparato estolacio. Todos estaban cansados por el viaje y pronto encontraron un lugar para descansar.

***

Braven se despertó cuando todavía era de noche. Kadyen estaba en su punto más alto y alumbraba un poco el entorno. Se enderezó y observó su pequeño campamento. Todos estaban aún dormidos, y no sabía por qué él ya se encontraba despierto. Al parecer faltaba mucho para que se levantara Capria. Se levantó y se estiró. Su ropa estaba mojada por el rocío nocturno. Trató de ver en la oscuridad de la noche. El viento estaba tranquilo. El aire húmedo olía refrescante. Estaba parado en silencio. Su mente arruinó el momento, al recordar su situación actual.

Braven no quería pensar en eso, sino solamente en relajarse por el momento. Sintió un extraño viento en su espalda. ¿Qué fue eso? Sus ojos buscaron por todas partes. Silencio. Lentamente regresó con los demás. Monitoreó alrededor del perímetro del campamento en caso de que hubiera cualquier cosa inusual. Se sentó atento con los ojos abiertos a cualquier cosa diferente. Nada de ruido, nada de movimiento. Nada.

Pronto Braven se estaba quedando dormido. Se estiró en el suelo mojado cerca de Jauris y vio las estrellas. Se quedó acostado con los ojos cerrados en el silencio tenebroso por mucho tiempo. Se preguntó si necesitaba estar sentado para poder volverse a dormir. Mientras su mente se entretenía, oyó un pequeño ruido afuera de su campamento. Sus ojos se abrieron. ¿Qué fue eso? ¿Un arrastre de pies? ¿Sólo su imaginación? ¿El viento había tirado algo? No había viento. Volteó la vista a la dirección del sonido. Nada. Solamente oscuridad. Silencio.

Braven permaneció en ese silencio hasta que la luz de Capria apareció en el horizonte occidental. Miró en la poca luz los alrededores del campamento. ¿Había pasado algo por ahí, o solo había sido su imaginación? Se alegró de que ya era de día.

Se levantó y caminó por el perímetro. No vio nada inusual. El pasto mojado mostraba orgulloso su color y brillaba en la luz de un nuevo día. No había huellas. ¿Había sido su imaginación la que le quitó su sueño reparador?

Zhan y Khara se habían levantado. Zhan se acercó lentamente a Braven.

<<¿Estás bien? ¿Dormiste bien?>> le preguntó.

<<Buenos días,>> le dijo con una sonrisa. <<Todo bien.>> No quería sonar paranoico por los ruidos de la noche anterior.

<<Qué bien.>> le respondió. <<¿Cuánto tiempo llevas despierto?>>

<<Un rato,>> le contestó.

Khara contestó con un ligero murmullo. Los demás se levantaron y pronto tomaron sus porciones de agua y desayuno. Juntaron sus pertenencias, y reiniciaron su viaje hacia el oeste.

Braven se iba fijando en la vegetación para cualquier señal de tormenta, examinando el suelo delante de él para evitar hoyos o piedras. Ponía atención a cualquier ruido extraño. Vigilaba el horizonte para cualquier cambio. Veía al cielo sin razón alguna. Se recordaba a sí mismo que con cada paso se acercaban más a casa.

Poca agua, poca comida, sin refugio, ni transporte, ni adultos, a una larga distancia de su casa. Niños de solo doce y trece años, en el medio de la nada, tratando de encontrar su camino de regreso a la civilización. ¿Qué podría hacer peor este viaje?

Después de unas horas más de viaje, llegaron a una llanura donde no había nada de vegetación. La extraña diferencia de paisaje les causó mucha curiosidad. Todos automáticamente se pararon a observar.

<<¿Qué es esto?>> empezaron a cuestionar. <<¿Alguno de ustedes alguna vez ha escuchado de un desierto en Jedira?>> El área cubría muchos kilómetros y era una mezcla misteriosa de matices de color café oscuro y claro. Esta característica no era común en Jedira.

<<¿Sólo vamos a quedarnos aquí parados viéndolo?>> preguntó Dirk.

<<Eh, no sé.>> dijo Braven incómodamente.

<<¿De qué tienen tanto miedo? Es solo un campo muerto,>> dijo Dirk en tono de burla mientras tomaba pasos hacia el borde.

<<¡Espera!>> Jauris gritó de repente. <<Ya me acordé de que nos dijeron de una bacteria que puede

matar plantas y cualquier otra cosa. Podría ser por eso.>>

<<¿Bacteria? ¿En serio?>> Dirk se burló mientras se acercaba al campo muerto.

Después de caminar tres metros por la superficie sólida, la capa superior del suelo se comenzó a agrietar y Dirk empezó a hundirse. Gritó pidiendo auxilio. Estaba hundido ya hasta la cintura en el fango y estaba batallando para salir. Se estaba hundiendo más y más sin nada de dónde detenerse. El resto del grupo se apresuró para alcanzarlo, pero ya estaba muy lejos de la orilla. Khara tomó una de las enredaderas amarillas y se la aventó. En ese momento ya estaba hundido hasta el pecho y gritando aún más fuerte. Jaló la enredadera con tanta fuerza que se la arrancó de las manos. Buscó otra cosa de la que agarrarse, pero no había nada cerca. Estaba atascado sin remedio. Kirk fue por otra enredadera, la cual sujetó fuertemente y le aventó el otro extremo. Dirk la tomó y trató de salir y avanzar hacia ellos. Todos la sujetaron con fuerza y la jalaron, pero se rompió. Dirk se hundía más y más en el lodo.

Braven gritó indicando que todos trajeran más enredaderas para juntarlas y hacer una cuerda más fuerte. Todos le aventaron muchas enredaderas, y las jalaron mientras Dirk trataba arduamente de caminar por el lodo espeso hacia ellos. Por fin llegó a la orilla y colapsó, tratando de recuperar el aire. Todos sintieron alivio.

El lodo espeso había cubierto el cuerpo de Dirk hasta su pecho y se le había pegado. Trataba de inhalar y exhalar profundamente pero luego dijo que no podía respirar. El lodo se había secado en su cuerpo y se lo tenían que quitar. Kirk, Khara, y Whisper le limpiaron el torso con sus manos y trataban de retirar el lodo de su cuerpo. Khara tomó una de las piezas de metal y comenzó a raspar cuidadosamente la espesa capa, pero se volvía a cerrar inmediatamente después de cada raspado. El lodo se quedaba pegado a su ropa y a su piel. Dirk estaba gritando. Decidieron sacarle la ropa como un último esfuerzo para salvarlo, casi todo el lodo se le pudo quitar junto con la ropa, pero le quedó un poco y ya se le estaba empezando a endurecer. Le salieron ampollas en su piel. Dirk gritaba de dolor. Jauris le echó agua tratando de remover la mezcla. Salía vapor cuando el agua tocaba el lodo. La mayor parte del lodo se diluyó y se le cayó, pero se le habían formado unas ampollas rojas y dolorosas donde había estado el lodo.

Todos en unísono, Kirk, Khara, y Whisper gritaron y levantaron las manos. El lodo en sus manos se había solidificado. Jauris les echó agua. Los tres tenían las manos cubiertas de ampollas.

Dirk sufría de inmenso dolor desde su pecho hasta sus pies. Había muy poca piel que no tuviera ampollas. Jauris usó lo que quedaba del agua para calmar su dolor. Los otros tres tenían un dolor insoportable en sus manos.

Los tres se alejaron de la zona de peligro del terrible lodo. Dirk necesitaba ayuda para moverse y gritaba por todo el camino. Jauris le ayudó a Kirk a quitarse su playera y a ponérsela en la cintura de Dirk como ropa interior, para darle un poco de modestia. Las plantas de sus pies habían sido protegidas por sus zapatos así que había menos lesiones ahí, pero sus empeines habían salido muy afectados. Podía estar de pie, pero le resultaba muy difícil caminar.

<<¿Qué sería esa cosa?>> preguntó Kirk.

<<Podría ser la bacteria>> le contestó Jauris.

Dirk se estaba quejando mucho del dolor. Tenía pústulas en su abdomen y su espalda, de las manos hasta los codos, y grandes ampollas en sus glúteos, ingles, muslos, pantorrillas, y pies. Braven sentía mucha lástima por él.

Kirk estaba llorando, pero no dejaba que lo vieran. Whisper estaba sollozando por el dolor. Khara estaba con los ojos cerrados, respirando profundamente por la nariz. Zhan estaba sentado en silencio alejado del grupo. Por temor no había participado en el rescate, y eso fue lo que lo mantuvo ileso.

Braven se sentó para pensar. Pronto Jauris le acompañó.

<<Ya no tenemos más agua,>> le comentó. <<Puedo cosechar más esta noche, pero no tenemos para el resto del día.>>

<<Sí, ya lo sé, pero era necesario tratar las

heridas. Valió la pena. Hiciste un muy buen trabajo,>> dijo Braven mientras pensaba.

<<Gracias,>> dijo Jauris. <<Conseguiré toda la que pueda esta noche.>>

Braven no le respondió.

Braven estaba mirando el horizonte. ¿Qué harían ahora? No podían seguir adelante. Sería demasiado para sus heridas. No podían regresar a donde nadie iría a buscarlos. No tenían vendas ni ungüentos para sus lesiones. No tenían agua. Ni siquiera tenían ropa para Dirk.

El grupo permaneció en ese lugar el resto del día. Ocasionalmente se escuchaba el llanto y los sollozos debido a sus heridas. No había refugio, solo unos cuantos arbustos esparcidos de un metro de alto. Dirk descansaba bajo uno de ellos para no estar en la luz directa de Capria. No había refugio para protegerlos del rocío nocturno.

Wilstor salió y pronto llegó a su punto más alto. Su vuelta alrededor de Jedira solo duraba trece horas ya que giraba en la dirección opuesta de Capria, así que solo daba cinco horas de luz por noche. Kadyen dio suficiente luz para iluminar la oscuridad, pero no tanta como Wilstor. Con dos lunas, siempre había por lo menos un poco de luz en el cielo. Braven siempre se impresionaba por el color anaranjado de Wilstor, pero esa noche no le parecía tan interesante.

Braven miraba Wilstor. ¿Dónde estaban los demás? Parecía que nunca encontrarían a sus compañeros de viaje. No había llegado ayuda de la colonia, lo cual era totalmente contrario a los protocolos. No había manera de viajar. No podían quedarse ahí sin refugio y sin comida.

Braven volvió en sí, y Wilstor parecía haberse encogido de tamaño. Su mente corría. ¿Cómo podría dormir con todo lo que estaba pasando? Pero sabía que tenía que descansar. Después de tanto reflexionar y preocuparse, Braven por fin se quedó dormido.

Sección 5

El camino

Braven despertó por la conversación de los demás. La piel lesionada expuesta al rocío nocturno había mejorado un poco. La piel no expuesta no había mejorado y todavía les dolía mucho. Tanto el abdomen de Dirk como las partes de enfrente de sus piernas y pies seguían rojos y con ampollas, pero no dolían tanto como su espalda y las partes de atrás de sus piernas. Gemía por el dolor.

<<Hay algo en el rocío que tiene un efecto beneficioso en las lesiones,>> dijo Jauris. <<Es por eso que el agua de ayer ayudó. No lo había relacionado.>>

<<Creo que estábamos tan traumados que ninguno de nosotros lo había pensado,>> añadió Khara.

<<Pude juntar un poco más de agua anoche. Apartaré un poco para las heridas,>> respondió Jauris.

Braven pensó que hacer una junta sería bueno para obtener ideas sobre cómo continuar. Todavía estaba perplejo por los sucesos recientes y no sabía si podía confiar en sus instintos.

Después de un muy pequeño almuerzo, el grupo platicó. Ideas se formaron y se descartaron. Nada tenía sentido lógico, así que no llegaron a ninguna solución.

<<¿Por qué el rocío nocturno no mata ese lodo?>> preguntó Khara. Los demás pensaban lo mismo, y miraron a Jauris.

<<Es una buena pregunta, y lo estuve pensando toda la noche,>> empezó Jauris. <<No tengo idea.>>

Todos expresaron su frustración.

<<De hecho, creo que tiene una capa dura en la superficie que lo mantiene protegido del agua. Tal vez sea una adaptación. Fue por eso que Dirk pudo caminar unos metros antes de hundirse. Su peso debió haber causado que se rompiera la capa.>> Jauris trató de salvar su reputación.

<<Eso tiene sentido,>> respondió Khara.

<<Eres muy inteligente,>> dijo Whisper.

<<Lo dices porque es cierto,>> le respondió Jauris con una sonrisa. Los demás se rieron.

<<Creo que necesitamos esperar un día más aquí para dejar sanar nuestras heridas,>> sugirió Braven. <<No creo que Dirk pueda continuar hasta que mejore un poco.>> El grupo estaba de acuerdo, y Dirk sintió un poco de alivio.

Jauris empezó a contar los suministros. Kirk le ayudaba a Dirk con lo que necesitara. Braven y Zhan ayudaban a los demás ya que, les dolían mucho las manos al hacer hasta las menores tareas.

<<Oigan chicos,>> dijo Whisper, <<¿No había arbustos entre ese lodo y nosotros anoche?>>

Todos voltearon la mirada hacia ese lodo horrible. Tenía razón, antes había arbustos, pero en ese momento el área estaba despejada. Kirk se levantó a verlo más de cerca y gritó diciendo <<¡Vámonos de aquí!>>

Todos se levantaron y notaron que el lodo había avanzado hacia su campamento. Todavía se encontraba a diez metros de ellos, pero mucho más cerca que el día anterior. Todos se echaron a correr.

<<Esperen,>> gritó Braven. <<No se está acercando tan rápido. Parece que se está moviendo por el suelo muy lentamente.>>

<<No me voy a quedar a esperarlo,>> dijo Dirk. <<¡Kirk, ayuda a levantarme!>>

<<Todos ayuden a cargar algo, y vámonos de aquí. No dejen nada porque podríamos necesitarlo,>> instruyó Braven.

Todos inmediatamente empezaron a empacar, algunos muy lentamente por el dolor en sus manos. Se alejaron de ahí. Kirk estaba ocupado ayudándole a Dirk a alejarse lenta pero deliberadamente. Dirk caminaba con las piernas abiertas, avanzó unos cincuenta metros y tuvo que pararse a descansar.

Braven sabía que sería mejor para todos caminar lo más lejos posible, pero que las heridas los obligarían a ir despacio. Tal vez una noche más en el campo les ayudaría a sanar para poder viajar más. Él les sugirió eso.

<<¡Yo quiero huir de esa cosa!>> exclamó Dirk.

<<Pero ¿cuánto puedes caminar?>> preguntó Braven.

<<Un poco a la vez.>> contestó Dirk.

<<Entonces caminemos al paso de Dirk a ver cuánto podemos avanzar,>> dijo Braven. <<No creo que el lodo nos esté persiguiendo, solo que está creciendo, o algo así. Dirk, cuando necesites parar, avísanos y no te esfuerces de más.>> Braven estaba preocupado por el dolor que tenía Dirk y no quería que sus ampollas se abrieran y sangraran causando más daño. Dirk necesitaba mejorar lo más pronto posible.

Los heridos empezaron a quejarse de que Capria les quemaba sus lesiones. Braven le dio a Dirk su playera para cubrir las lesiones en su torso. Kirk hizo una falda con su playera para proteger sus piernas de los rayos de Capria. El atuendo de Dirk se veía bastante ridículo, pero nadie dijo nada. Después de un pequeño descanso, el grupo comenzó otra vez su camino. Se dirigían hacia el norte alrededor del lodo e hicieron un círculo hacia el oeste. Braven se sorprendió por lo bien que podía caminar Dirk aún sin zapatos y con ampollas en los pies.

Después de un breve período de descanso, el pequeño grupo retomó su vuelo una vez más. Se dirigieron hacia el norte alrededor del lodazal que se arrastraba y comenzaron un gran círculo de vuelta hacia el oeste. Braven se sorprendió de lo bien que le iba a Dirk sin zapatos y con ampollas en los pies. Después de su episodio, estaba comprensiblemente aterrorizado de volver a acercarse a él.

Ya se hacía de noche. Habían avanzado unos kilómetros y encontraron un área de vegetación normal...y sin grandes llanos. Khara sugirió que tomaran turnos para vigilar durante la noche. Se determinaron los turnos sin discusión. Encontraron lugares para descansar y pronto casi todos estaban profundamente dormidos. Los que tenían ampollas las expusieron con la esperanza de que el rocío las sanara.

Jauris despertó a Braven para su turno. Braven se estiró y dio un paseo alrededor del campamento. Vio el cielo estrellado y contó todas las constelaciones que podía nombrar. Silencio. Nada de ruidos de criaturas nocturnas. Braven no sabía si existía algo en Jedira que hiciera sonidos. Wilstor ya había bajado, y Kadyen estaba en su punto más alto. Había muy poca luz alrededor. El viento dejó de soplar. Había tanto silencio que otra vez Braven se sintió incómodo. Vio alrededor. No había nada inusual. Los arbustos separaban al grupo todavía del lodo. Las plantas estaban abiertas así que no había amenaza de tormenta. Simplemente tenía la sensación de que algo andaba mal. Tal vez era la falta de insectos, criaturas, o agua que hiciera sonido. Tal vez era el recuerdo de la experiencia de la noche anterior que plagaba su mente. Fuera lo que fuera, Braven seguía vigilando cuidadosamente.

Capria ya se veía por el horizonte. Braven decidió dejar que los demás durmieran un rato más. El lodo no estaba cerca. Seguramente ese día sería bastante difícil, y Braven esperaba que las lesiones se hubiesen sanado un poco.

Después de un rato más, Braven despertó a todos y le ayudó a Jauris a distribuir los suministros. Se les estaba acabando la comida, pero sí había suficiente agua. Por los cálculos de Jauris, quedaba suficiente comida para dos días más. Braven sabía que iban a tener que conseguir comida de las plantas de su entorno, pero ni siquiera sabía por dónde empezar. No había nutrientes en la mayoría de las plantas. ¿Qué podrían hacer? Tal vez habría sido mejor permanecer cerca de las torres, ya que las plantas ahí les podrían haber dado sustento.

Algunas de las ampollas habían disminuido bastante. Los que habían sufrido lesiones en sus manos dijeron que les dolían todavía pero no tanto como antes. Dirk todavía tenía pústulas muy grandes de la espalda hasta los pies. Jauris tomó un poco de agua para tratar sus heridas. Dirk dijo que sí podía caminar así que hicieron planes para seguir hacia Delta.

Su marcha continuó una vez más hacia el oeste. No se notaban cambios en el terreno, hasta que aparecieron pequeñas islas de roca en el horizonte. No había señales de vida humanoide. solo campos de pasto corto. La luz de Capria les cegaba la vista. Por sus heridas, músculos cansados, y falta de nutrición adecuada, se sentían totalmente desanimados. ¿Qué más les podría pasar?

Hora tras hora siguieron su camino. La luz cálida de Capria les quemaba sus ampollas, y las cubrían con lo que podían. Esperaban ansiosamente hallar alguna señal de ayuda, pero no encontraban nada. ¿Todavía iban en la dirección correcta, o el lodo los había desviado? Tenían que encontrar señales de alguien en algún momento. Braven empezó a perder la esperanza.

Los dos días siguientes el grupo caminó sin mucha plática. Las ampollas se habían hecho costras y les seguían doliendo. Dirk podía caminar mejor y más lejos. Todos estaban agotados. La falta de comida, el exceso de ejercicio, y las lesiones por las ampollas crearon una falta de energía y no tenían mucha esperanza de éxito en llegar a su destino.

A veces se intercambiaban palabras hostiles, y se irritaban unos a otros, especialmente a la hora de distribuir la comida, ya que todos tenían hambre.

<<¿Quién te puso a ti a cargo de la comida?>> le preguntó Kirk a Jauris.

<<Alguien tenía que cuidar que no te la acabaras toda en el primer día,>> Jauris le contestó.

<<Deberías darnos un poco más. Seguramente tienes por ahí unas porciones extras para ti mismo,>> le acusó Kirk. Empezaron a discutir.

Después de varias palabras, Khara y Braven los pararon, y finalmente los chicos se calmaron.

<<¿Y a ti quién te eligió como nuestro jefe?>> le preguntó Kirk a Braven. Su hermano dijo lo mismo.

Braven sacudió la cabeza, volteó, y siguió caminando hacia su destino. Otros lo siguieron, dejando que los gemelos decidieran si seguirlos o no.

Con cada paso, la meta parecía más lejos que nunca. Después de unas horas de avance, el grupo se paró por un merecido vaso de agua. Pero había tan poca que los gemelos enfurecidos trataron de tomar por la fuerza la botella causando que se derramara toda en el suelo.

<<¡Mira lo que hiciste!>> Kirk le gritó a Jauris. <<¡Desperdiciaste toda el agua!>>

Se desató toda una pelea y se tiraron golpes.

Braven y Khara trataron de separarlos, pero los gemelos estaban incontrolables en su intento por tomar control sobre los suministros. Varios minutos duraron peleándose los gemelos, Braven, y Jauris hasta que todos se controlaron y se miraron unos a otros.

<<¡Miren chicos!>> gritó Whisper. Había estado tratando de llamar su atención durante la pelea, y señalaba hacia el horizonte. Desde ahí se podían ver unas instalaciones que todos reconocieron como la Colonia Delta.

Las peleas y discusiones se habían convertido en una explosión de alegría. Todos gritaban de felicidad mientras corrían hacia su destino. El lodo venenoso había causado que se desviaran, y se habían pasado un poco de su hogar sin darse cuenta. Delta estaba a unos tres kilómetros de distancia, y los adolescentes caminaron con energía nueva a pesar de sus heridas.

Sección 6

El retorno

El grupo entró a la colonia y anunció su llegada. La gran bienvenida que se esperaba no sucedió. Nadie vino a recibirlos. Buscaron a sus compañeros colonos de edificio en edificio, pero no encontraron a nadie.

<<Tal vez todos estén en una asamblea en el área común,>> sugirió Khara.

Sobre el camino, notaron que los techos habían sido arrancados de algunos edificios, y otros edificios habían colapsado. Había muchos escombros en las calles.

<<¿Hubo tormenta también aquí?>> preguntó Whisper. Nadie respondió, ya que la respuesta era obvia.

Siguieron avanzando hacia el área común sin señal alguna de vida humanoide. Lo tenebroso de estar solos en su colonia de origen era desconcertante. Cada uno buscaba ansiosamente cualquier movimiento. Al llegar al área común, tampoco había nadie ahí. Toda la colonia estaba desierta. ¿Qué pasó aquí? ¿Desaparecieron como los adultos y estudiantes en las torres?

<<¿Dónde están todos?>> preguntó Kirk. Corrió hacia su unidad. Abrió la puerta y llamó a su familia. Dirk lo siguió con cuidado. Los demás partieron a sus propias unidades a buscar a sus familias.

Después de un rato, Braven regresó al área común. Los gemelos esperaban afuera mientras buscaban señales de vida en el área dañada. Dirk se puso ropa y zapatos más adecuados. Pronto todos regresaron sin haber encontrado a sus familiares.

Siguieron su camino hacia el sur, buscando dentro de los edificios y detrás de estructuras caídas mientras caminaban. No había nada más que destrucción y soledad sin vida humanoide por ninguna parte.

<<¿Y ahora qué hacemos?>> <<¿Dónde están

todos?>> <<No puedo creer que esto esté pasando,>> murmuraron los sobrevivientes.

<<Tengo hambre,>> dijo Zhan. Su comentario cambiaba el tema de la conversación, pero todos concordaron. ¡La cafetería!

Todos se dirigieron a la cafetería por agua y comida. Toda la comida de la colonia era producida, cosechada, y almacenada en la cafetería donde todos iban por sus raciones. Entraron y encontraron en abundancia toda la comida que quisieran. Los niños abrían bolsas tan violentamente que se les derramaba la comida en el piso. Khara los regañó por desperdiciar. Todos se satisficieron hasta no poder comer más. Con estómagos llenos después de su regreso agotador a la colonia, y de buscar todo el día, y de la puesta de Capria, el grupo descansó en los sillones de la cafetería.

***

Después de mucho tiempo, se empezaron a levantar. Todo estaba oscuro. No había luz en las calles ni en los edificios. Totalmente oscuro. Ni Wilstor ni Kadyen se veían en el cielo. El grupo no traía linternas ni luces de ningún tipo. Mientras trataban de moverse, se tropezaban con estructuras y escombros. Después de unos golpes fuertes de cabeza y caídas sobre superficies duras, decidieron no moverse hasta que se hiciera de día.

El grupo se quedó en la cafetería y no quisieron salir de noche. Hablaban de lo que harían cuando saliera Capria, pero no se determinó ningún plan absoluto hasta que Kirk sugirió que usaran la radio de la colonia. Él sabía dónde estaba y tal vez como usarla también. Si no, Jauris lo podría averiguar. ¡Qué gran idea! Con eso, el grupo se relajó y pronto se volvió a dormir.

¿Por qué no funcionaban las luces solares? ¿Qué estaba pasando? Todo se sentía tan diferente. Pensaban que solo habían estado lejos unos diez o doce días, pero nadie había llevado la cuenta de días desde su salida. ¿Cuál era el siguiente paso? ¿Dónde podrían buscar más deltanos? ¿A dónde pudieron haberse ido? Nunca antes se había abandonado la colonia. ¿Qué protocolos se usaron, y por qué? Demasiadas preguntas sin respuesta.

***

Amaneció. Khara despertó a Braven y luego a los demás. Nadie tenía hambre aún por la cena anterior. Zhan agarró unas bolsas de katoronjas secas para el camino, y comenzaron su búsqueda de nuevo.

Kirk los guio a la estación central para usar la radio. Los hermanos la habían visitado antes. Al entrar, se percataron de que las radios portátiles ya no estaban, y solo quedaba la radio central del edificio. La trataron de activar, pero no sabían cómo. Simplemente no se prendía. Jauris lo checó, pero le resultó muy complicado.

<<¿No que eras un genio?>> Kirk se burló.

<<La comunicación no es lo mío. No tiene nada que ver con biología, geología, astronomía, ni trigonometría,>> le contestó. <<Y tú, ¿qué estudias?>> Miró a Kirk con desprecio.

Ninguno de los gemelos le contestó. Braven vio que Jauris ya estaba harto del constante sarcasmo de ellos. También se dio cuenta que Jauris se podía defender solo.

<<Y ahora, ¿qué? Estamos en casa, pero no hay nadie más aquí. ¿Dónde están todos, y qué vamos a

hacer?>> Whisper cambió el tema.

Todos se detuvieron para pensar, pero no tenían ninguna idea.

<<Tenemos nuestras casas y comida. No sabemos dónde están, así que esperemos aquí para ver si regresan,>> sugirió Braven.

<<¿Y cuánto nos tendremos que esperar?>> preguntó Dirk, sabiendo que no había respuesta. Nadie sabía. Nadie había experimentado antes el abandono. <<¿Por qué se habrían ido todos?>>

Braven no tenía idea de cómo contestarle. Estaba seguro de que sus padres estarían ahí para él cuando regresara, a menos que algo drástico les hubiera pasado, pero ¿qué podría haber pasado? La colonia había sido dañada por algo, probablemente la misma tormenta que afectó las torres. ¿Por qué no mandaron a nadie a rescatarlos? ¿Acaso el viento se los había llevado a todos? Se angustió con solo pensarlo.

Mientras el grupo se iba, Braven le preguntó a Jauris que si había algún medicamento para las ampollas por el lodo. Jauris fue a la clínica dentro de la estación central. Encontró dos tubos de ungüento. Le dio un tubo a Dirk, ya que todavía tenía mucho dolor por las ampollas, y el otro tubo se lo dio a las chicas.

El grupo descubrió que sus unidades personales estaban en buenas condiciones. La cafetería no se había dañado, y había suficiente comida y agua en abundancia por el aparato estolacio. Contaban con suficiente refugio, comida, y agua. Había suficiente para sus necesidades físicas básicas, pero ¿qué de sus necesidades emocionales? ¿Dónde estaban sus familias? ¿Dónde estaban los adultos? ¿Realmente los adolescentes podrían vivir en la Colonia Delta hasta que alguien viniera a rescatarlos? Seguramente la Colonia Alfa ya sospechaba de la falta de comunicación de Delta, y mandaría un equipo de rescate por ellos. Braven esperaba que así fuera.

Antes de regresar a sus propias unidades, todos se pusieron de acuerdo para verse otra vez en la cafetería para tomar el desayuno. Braven pensó que sería buena idea que todos se mantuvieran en contacto diariamente. No podían perder contacto unos con otros, ni aislarse en sus unidades. Le alegraba que todos estuvieran de acuerdo, y esperaba que pudieran seguir reuniéndose hasta que regresaran los colonos.

Braven entró a su unidad. Se sentía tan vacía sin sus padres. En cada cuarto, tenía muchos recuerdos de lo que hacían juntos. Las plantas de Mamá se estaban secando, así que Braven las regó. Se acordaba de las veces que Mamá y Papá preparaban comidas en la cocina, y que Papá siempre preguntaba si quedaban katoronjas. Le encantaban esas moras amarillas. Las habían traído de la Colonia Alfa un año antes. A Braven le encantaban también.

Entró a su recámara. Las cosas estaban exactamente como las había dejado. Fue al baño a darse una ducha para quitar la mugre que se le había acumulado en el cuerpo. Se sentía mucho mejor por estar limpio y por oler bien. Vio que se había bronceado por la luz de Capria en los días que no usaba su playera. Un cambio de ropa se sintió muy bien, notó que ahora le quedaba un poco floja. Debió haber bajado de peso. Se acostó sobre su cama y estaba tan cómodo que decidió dormir una siesta.

Después de apreciar la comodidad y olvidarse un poco de la realidad, Braven se levantó a ver unas cosas en su cuarto. Se le olvidó que había dejado un vaso de jugo al lado de su cama, ya se había echado a perder, y unas katoronjas que ya se habían secado. Al parecer Mamá no había entrado a su cuarto mientras él no estaba, porque habría limpiado y al regresar, lo habría regañado por dejar su cuarto en desorden. Le encantaría que ella estuviera ahí para regañarlo.

¿Cómo se habrían sentido Mamá y Papá cuando Braven desapareció? ¿O la tormenta se llevó a todos antes de que se dieran cuenta? ¿Acaso sabían que estaba perdido? ¿Algún día los volvería a ver? Sus ojos se llenaron de lágrimas.

Braven sabía que los colonos habían tomado en cuenta los riesgos de aventurarse en terrenos desconocidos. Las familias sabían que podrían ser separados o hasta perder a sus seres queridos. Era una desventaja, pero a sus padres les encantaba explorar de todas formas. Vivir en un planeta nuevo y aprender acerca de la flora, fauna, clima, geología, y constelaciones les emocionaba, aunque a veces era aburrido y hasta peligroso. Mamá y Papá realmente disfrutaban de las aventuras, y Braven había aprendido a disfrutarlas también. Pero ¿realmente valía la pena? Él pensaba que sí, ya que se trataba del futuro de la supervivencia de los humanoides, pero en lo personal le causaba dolor.

Braven se fue de su unidad, y empezó a caminar lentamente por la carretera sin rumbo específico. Estaba pensando en los eventos de los días anteriores. Todo en su mundo había cambiado. Ya no era un simple estudiante de la colonia. Sus experiencias le habían dado oportunidades de ver nuevos problemas y de cómo solucionarlos. Él ya no era el centro de su propio universo. Formaba parte de un plan más grande en el que tenía que trabajar junto con otros para progresar. ¡Qué gran revelación pensar que podía ser parte de algo más grande y hacer un impacto en futuras generaciones!

<<¡Claro que no!>> dijo Braven en voz alta.

<<¿Cómo puede pasar todo eso mientras estamos aquí abandonados en el medio de la nada, y nadie sabe dónde estamos?>> ¿Qué impacto podrían hacer él y los demás si apenas estaban tratando de sobrevivir? Eso no le ayudaba a nadie, mucho menos a la ciencia, ya que nadie tendría memoria de ellos, y no harían ningún cambio para la sociedad. Se dio cuenta de que no era buena idea que estuviera solo, así que decidió encontrar a Jauris.

Llegó a la unidad de Jauris, pero no estaba ahí. Khara tampoco estaba en su casa. ¿Dónde estaban todos? No podrían haber desaparecido también, ¿o sí? Sintió un nudo en la garganta. Corrió al área común a ver si encontraba a alguien.

Jauris, Khara, y Whisper estaban sentados en el pabellón central. Braven sintió un gran alivio. Respiró alentado al saber que sus amigos todavía estaban con él. Decidió que no le gustaría vivir solo.

Sección 7

Abandono

El grupo organizaba juntas en la cafetería diariamente por las mañanas por los siguientes diez días, donde hablaban de lo que tenían que hacer cada día. Muchas veces no tenían nada que hacer. Había agua y comida en abundancia. No había daños en sus unidades personales, así que contaban con refugio. Después de tantas noches en sus propias unidades, la soledad se había convertido en su peor enemiga. Whisper le preguntó a Khara si podía quedarse con ella. Zhan ya estaba quedándose con Jauris. Braven odiaba estar solo, así que sugirió que todos se quedaran juntos en una unidad más grande.

<<No quiero vivir con ninguno de ustedes,>> gritó

Kirk.

<<Tú y Dirk son hermanos, pero ninguno de nosotros tenemos familia aquí,>> contestó Braven.

<<Hagan lo que ustedes quieran, pero no nos incluyan a nosotros,>> le contestó. Con eso, los gemelos se fueron.

Los cinco encontraron una unidad grande, que no había sido dañada, con tres recámaras separadas. Estaba a medio camino del perímetro y el área común, cerca de la cafetería. Cada uno decidió dónde iba a dormir, y hablaron acerca de cómo podrían mejorar su nuevo hogar.

Siguieron su rutina diaria de juntarse en la cafetería con muy poca conversación, y se iban sin tareas para ese día. Con el paso del tiempo, los gemelos dejaron de asistir a las juntas diarias. Pasaron los meses. El grupo se percató de que ya no iban Dirk y Kirk, y que ya no los veían. Algunos pensaban que era mejor así.

A Braven le preocupaba el hecho de que eran los únicos humanoides en la región, y pensaba que, si no permanecían todos juntos, ya no iban a poder contar unos con otros. Compartió estos pensamientos con los cuatro. Jauris estaba de acuerdo, y Khara también y agregó que incluso podrían comenzar a pelearse y a tener sentimientos de egoísmo y envidia.

<<Entonces, ¿cómo nos aseguramos de que estemos trabajando juntos?>> preguntó Jauris.

<<No estoy seguro. Los gemelos son muy independientes y no nos quieren cerca,>> mencionó Braven. <<Será muy difícil hacer que nos comprendan en cualquier cosa.>>

<<No vamos a poder llegar a ningún acuerdo con ellos por ahora>> añadió Khara. <<No quieren estar con nosotros, así que comencemos a trabajar en hacer de Delta un mejor lugar para vivir.>> Todos estaban de acuerdo.

Empezaron las conversaciones acerca de qué hacer primero y de pequeñas metas que lograr. Decidieron comenzar por limpiar después de estar en cada lugar a donde fueran. También querían recoger toda la basura y escombros del área común que se había acumulado con la tormenta, para hacerlo más acogedor para cuando llegaran los demás colonos.

<<¿Creen que algún día llegue alguien, o estaremos aquí solos para siempre?>> preguntó Whisper.

Silencio. Nadie sabía la respuesta.

Khara empezó, <<Escuchen, tal vez no volvamos a ver a nuestras familias u otros deltanos nunca más. Tenemos que tomar eso en cuenta. Al parecer, la tormenta se los llevó, tal como lo hizo con los demás en las torres.>>

Todos entendían eso, pero nadie lo había dicho en voz alta. Whisper empezó a llorar y Khara la abrazó. A Jauris se le veía triste, con la mirada perdida. Zhan bajó la cabeza en silencio. Braven sintió que se le subían las emociones. Después de la inundación de sentimientos en los casi adolescentes, uno por uno se fue de ahí a buscar otra cosa más que hacer.

Braven decidió buscar bajo un montón de escombros afuera de su unidad anterior. No sabía qué estaba buscando ahí ya que lo había checado dos veces. No quería hablar. Extrañaba a sus padres, su escuela, sus amigos, su vida.

Khara estaba caminando hacia él. Por su manera de caminar se le notaba que le quería decir algo, pero no sabía cómo. Se paró a un lado de una pared que quedaba de un edificio, lo veía recoger las piezas de basura y escombros. Esperó en silencio un rato hasta que Braven finalmente volteó con ella.

<<Sé que todos teníamos miedo de escucharlo, pero podría ser la verdad. Tal vez nunca volvamos a ver a nuestros conocidos o seres queridos otra vez,>> empezó lentamente. <<Estaba pensando, ¿y si vamos a la Colonia Alfa? Tal vez ellos puedan ayudarnos a buscar o averiguar qué fue lo que pasó.>>

Braven se alegró de escuchar esa gran idea. ¿Pero cómo podían contactar la Colonia Alfa? Le preguntó eso a su compañera.

<<Pues, llegamos hasta aquí caminando,>> dijo ella.

<<Sí, pero por poco nos come ese lodo venenoso,>> respondió él. <<De todas formas, tendríamos que caminar quinientos kilómetros, eso es

mucho más que los doscientos que caminamos para llegar aquí. No hay manera de que podamos hacer eso.>>

<<Sí, pero si nos quedamos aquí, quizás nunca volvamos a ver a otro humanoide,>> ella advirtió. <<¡Nunca!>>

Tenía razón, y Braven lo sabía. Tenía tantas preguntas. ¿Y si se descomponía el procesador de comida? ¿Cómo podrían cinco adolescentes, o siete incluyendo a los gemelos, sobrevivir sin un adulto? ¿Y cómo llegarían hasta allá? ¿Caminar días y días solo para que el lodo se los coma mientras duermen? ¿Y si Alfa estuviera en las mismas condiciones que Delta? ¿Y si ellos fueran los únicos humanoides en todo el planeta? ¿Y si tuvieran que estar solos el resto de sus vidas?

<<¿Cuánto tiempo llevamos lejos de nuestras familias?>> preguntó Braven.

Después de pensarlo un poco, Khara le contestó, <<No estoy segura. Cuatro o cinco meses.>>

Nadie había pensado en contar el tiempo que no estaban los adultos. ¿Y para qué lo harían? No importaba. Ni siquiera sabían que año solar era. El tiempo simplemente se había parado para ellos. Su meta principal era sobrevivir y encontrar civilización.

Los dos hablaron por un rato acerca de cómo viajarían a la Colonia Alfa, pero finalmente determinaron que sería mejor simplemente quedarse a mejorar Delta.

Al día siguiente, el grupo se reunió en la cafetería. Braven les dijo que simplemente trabajarían en mejorar sus vidas ahí ya que no podrían viajar a la Colonia Alfa. Les explicó lo difícil que sería caminar hasta allá, y todos estaban de acuerdo en que sería mejor simplemente quedarse a vivir ahí.

<<Entonces, ¿qué podemos hacer después de limpiar el área común?>> preguntó Jauris.

<<Tal vez limpiar las carreteras y los edificios. Podríamos restaurar la estación central,>> sugirió Braven. <<No sé. Y ustedes, ¿qué opinan?>>

Todos empezaron a dar sugerencias. Había muchas ideas buenas. Trabajar para una misma meta ayudaría al grupo a no aislarse o perder la esperanza. Hicieron planes para limpiar el área común y quitar los escombros que se habían acumulado ahí. Decidieron empezar inmediatamente y salieron con esperanzas de crear una colonia ejemplar, que sería muy acogedora para los colonos a su regreso. Esto les dio mucho ánimo, y empezaron a implementar sus ideas.

Determinaron un lugar para apilar todos los escombros y todo lo que no sirviera. Trabajaron durante toda la mañana, y después de la comida siguieron trabajando. Al final del día, todos estaban cansados pero ansiosos por terminar el trabajo al día siguiente.

Braven, Jauris, y Zhan se sentaron en el pabellón. Estaban muy orgullosos del trabajo que habían logrado. Las chicas ya habían regresado a la unidad central. Braven estaba acostado en una de las bancas mientras platicaban. Pronto despertó y ya se había hecho de noche. Jauris estaba acostado en otra banca, y Zhan estaba acostado sobre una mesa.

Las noches en Jedira eran más frescas que los días, pero solo por unos grados. Había muy poco cambio en la temperatura. Otra diferencia entre Jedira y Edén que Braven notó era que no llovía en Jedira. Jedira ni siquiera tenía nubes. La flora recibía sus nutrientes del rocío nocturno de la atmósfera que se condensaba sobre toda la superficie.

Braven caminó alrededor de su área un poco. No quería dejar a los otros dos dormidos afuera, así que se quedó cerca del área común. Nadie había dicho que tenían que dormir en la unidad. Veía las estrellas. Kayden estaba en su punto más alto. Lo miró y observó la textura familiar de su lado izquierdo. Suspiró. Todo estaba tranquilo.

Se sentía muy diferente estar en Delta sin los demás colonos. No había clases, ni adultos para disciplinarlos si no seguían las reglas. Podían dormir, comer, jugar, trabajar, y hacer lo que quisieran, cuando y como quisieran, sin nadie que los regañara. Esto parecía ser algo positivo, pero extrañaban a los adultos. Tenían que cuidarse unos a los otros sin ayuda. No había médicos por si alguien se lastimaba. No había comunicación con nadie afuera de la colonia. No había nada de entretenimiento. Braven respiró profundamente, con una sensación de desesperanza.

Esperaba que su futuro no siguiera así.

Después de la salida de Capria, ya era un nuevo día y todos se reunieron en la cafetería. Khara preguntó si alguien había tratado de encontrar archivos de la geografía del área. Tal vez podrían determinar dónde quedaba la Colonia Alfa y planear un viaje. <<Ya hemos buscado, pero no encontramos nada,>> contestó Braven.

<<¿O sea que quieres caminar hasta Alfa?>> preguntó Zhan. <<Nos tomaría una eternidad.>>

<<Sólo estaba buscando una manera de que nos pudieran rescatar.>> Khara trató de justificar su idea. <<Sólo una idea.>>

<<No me quiero perder y terminar devorado por ese horrible lodo venenoso,>> añadió Whisper.

<<Lo sé, pero solo me preguntaba si había alguna manera de que llegáramos ahí,>> Khara contestó.

<<Debe de haber mapas o algo en los archivos de la estación central que nos muestre el camino a Alfa,>> dijo Braven.

<<No nos podemos rendir,>> comentó Khara.

Braven reconoció el pánico en su voz como el mismo que él había sentido la noche anterior. <<Vamos a ver,>> le contestó.

Jauris interrumpió, <<Zhan, Whisper, y yo podemos terminar la última pila en frente de la cafetería y luego los iremos a encontrar en la estación central en la tarde. Todavía hay mucho trabajo que hacer por aquí>> Todos aceptaron.

Después del desayuno, Braven y Khara se dirigieron a la estación central mientras los demás se ocuparon en limpiar el área común.

Sección 8

Miedo

Braven y Khara se dirigieron a la estación central en búsqueda de algo que los guiara a la Colonia Alfa. Alfa estaba ubicada a quinientos kilómetros de ellos, y necesitaban ver si había algo que les ayudara a llegar ahí o a comunicarse con el personal de su base.

La estación central era el centro de transporte y comunicaciones para toda la colonia. Si existía la información acerca de cómo contactarlos, la encontrarían en la estación. El grupo ya había ido de edificio en edificio en búsqueda de algo que les sirviera, pero Khara especificó que no habían buscado ni mapas ni gráficas, así que tal vez sí encontrarían algo más.

Al entrar los dos al edificio, pudieron ver

claramente que alguien ya había estado ahí. Había puertas abiertas que revelaban basura tirada y artículos de otras áreas. Había comida tirada en mesas y sillas. Algunos escritorios estaban fuera de su lugar. El desorden era totalmente diferente a la última vez que habían visitado. Continuaron por el pasillo hasta el centro de comunicación. Había el mismo desorden ahí. Parecía que alguien había huido o se había escondido de algo o alguien. ¿Quién? ¿Por qué?

<<¿Qué pasó aquí?>> preguntó Braven, aunque no esperaba respuesta.

Rugidos y gruñidos se oyeron sobre ellos, con sonidos de golpes y pisadas. Los dos vieron hacia arriba pero solamente vieron el techo. Los sonidos se volvieron a oír.

<<¿Qué fue eso?>> Khara dijo, congelada de temor y con los ojos abiertos.

Nunca se habían reportado depredadores en Jedira. Los dos se llenaron de miedo. Braven sintió que Khara se le acercó. Él también la quería cerca.

<<Debemos irnos,>> sugirió ella en voz.

<<Regresemos después con los demás,>> dijo Braven.

Se salieron de la entrada mientras se oían más ruidos en el techo. Corrieron al área común.

<<¡Qué aterrador!>> dijo Khara. <<¿Crees que había alguien ahí? Tal vez eran los gemelos fastidiándonos.

Braven pensó. <<No estoy seguro. Nosotros no habíamos dejado el lugar en tanto desorden la última vez. Y aparte, ¿qué fue ese sonido? ¡No eran sonidos de humanoides!>>

<<¿Crees que había alguna criatura ahí? ¿Alguien ha visto a los gemelos últimamente?>> dijo Khara. El grupo no había visto a los gemelos, y casi se les había olvidado que estaban en la colonia.

A Braven le dieron escalofríos. Nunca había habido nada que le causara tanto miedo en Jedira, así que esto era algo totalmente nuevo para ellos. ¿Y si un depredador andaba suelto?

<<Necesitamos advertir a los demás,>> gritó Braven.

Los dos corrieron hasta la cafetería a encontrar a sus amigos. Los llamaron, pero no respondieron inmediatamente. Khara gritó sus nombres. <<¿Dónde están?>>

Después de unos momentos, Jauris llegó a la esquina con Zhan.

<<¿Dónde está Whisper?>>

<<Aquí está,>> respondió Jauris. En ese momento, apareció Whisper detrás de Zhan. <<¿Qué pasa?>> Los tres estaban curiosos por el pánico.

Khara estaba llorando. Braven empezó a contarles lo que pasó. <<¿Alguno de ustedes ha visto a Kirk o a Dirk?>> Nadie tenía.

<<¿Podría haber un depredador en la colonia?>> lloró Whisper. <<¿Y se comió a los gemelos?>>

Con eso, se desató la locura. Todos corrieron a su unidad y colocaron una de las camas para detener la puerta. Se sentaron en la parte de atrás de uno de los cuartos y voltearon la cama de su lado para protección. Se quedaron ahí todo el día, y la oscuridad de la noche aumentó su miedo.

Podían oírse respirar. No había ruidos afuera, lo cual les daba alivio. Nadie durmió por estar al pendiente de cualquier sonido que viniera de afuera de su refugio.

Salió la luz del día siguiente. Finalmente salieron de su santuario y se dirigieron hacia la cafetería. Al entrar, todo estaba destruido. Muebles estaban dañados, el almacén de comida estaba derrumbado, y había paquetes de comida regados por todo el edificio. Zhan gritó y empezó a caminar hacia la puerta seguido por Whisper.

<<Todos agarren algo de comer, y lo guardaremos en la unidad,>> instruyó Jauris. Cada uno tomó todos los paquetes que podia, y se apresuraron hacia la entrada.

<<Esta criatura sabe que aquí hay comida, así que necesitamos salir rápido,>> dijo Braven.

Con eso, los cinco salieron con mucho cuidado hacia su hogar. Al entrar, volvieron a asegurar la puerta. Almacenaron la comida detrás de su cama y se sentaron a almorzar en silencio.

Después de poco tiempo, Braven dijo, <<No

podemos vivir así. Si es que hay algo allá afuera, tenemos que atraparlo.>>

<<Pero, ¿cómo atrapas a un monstruo?>> preguntó Zhan.

<<Seguramente rompería la jaula y nos comería,>> contestó Whisper.

<<No sabemos que hay allá fuera, solo necesitamos mantenernos a salvo,>> respondió Braven.

En ese momento, se escuchó un estallido afuera. Whisper gritó. Los demás la callaron y se juntaron más. Estaban congelados. ¿Qué fue eso? No había habido nada de ruido afuera desde que el grupo había llegado casi seis meses atrás. Zhan se estaba hiperventilando. Whisper estaba llorando. El entorno era insoportable, pero nadie se movía.

Los adolescentes no hicieron ni un ruido por casi toda una hora. Finalmente, Braven dijo que saldría a investigar.

<<¡No!>> Whisper dijo con lágrimas. <<Sólo lograrás que nos coman.>>

<<Tendré cuidado,>> respondió él. Lentamente

caminó hasta la entrada. Sin hacer ruido, quitó la cama que habían puesto y abrió la puerta. Había una luz solar caída en el camino. ¿Por qué pasó eso? No se veía muy estable, así que tal vez fue por gravedad. Ese pensamiento calmó a Braven. Lentamente abrió la puerta y salió del edificio. No había ningún otro cambio más que la luz caída. Era muy mal momento para que se cayera.

Braven trató de escuchar bien por si había más ruido. No oía nada. Caminó con cuidado por un lado del edificio para ver si había algo a la vuelta o cruzando la calle. No había nada. Después de su búsqueda, determinó que lo que haya sido que tumbó la luz ya no estaba en el área, y que ya era seguro para que todos salieran.

Cuando regresó a la unidad, encontró a Khara asomándose por la puerta.

<<¿Viste algo?>> preguntó.

<<Nada. Parece que se cayó una luz,>> le contestó Braven en voz baja.

<<¿Algo la aventó?>>

Braven caminó cuidadosamente a inspeccionar el tubo. No había señal de daño. No había huellas por el área ni rasguños en el tubo. Tenía que haber sido por la poca firmeza del suelo, que se había caído sola. Khara parecía no creerle.

<<Necesitamos un plan,>> dijo Braven.

<<¿Qué tipo de plan?>> preguntó Khara.

<<Vamos a juntar a los demás para hablarlo,>> dijo él.

Los demás estaban juntos en la unidad, y discutieron sus opciones. Irse de la colonia e ir a Alfa. Defender su terreno y pelear. Morirse atacados.

<<Hagamos lo que hagamos, no podemos escondernos por temor cada vez que escuchemos un ruido,>> dijo Braven. Tenemos que actuar para deshacernos de esta cosa, sea lo que sea.

<<Pero ¿cómo podemos pelear contra algo que ni sabemos que es?>> Whisper tenía razón.

<<Necesitamos atraparlo y tomar turnos vigilando,>> dijo Khara.

<<Pero, ¿cómo atraparlo si no sabemos qué es?>>

dijo Zhan.

<<Podemos dejar carnada,>> dijo Jauris. <<Se comerá a Zhan.>>

Zhan puso una cara de terror. Fue la primera vez que se rieron juntos. Jauris disfrutó poder asustar a Zhan.

Decidieron juntos que tomarían turnos en la noche para ver si algo se acercaba a la unidad. Crearon una apertura en las ventanas en todas direcciones para ver desde adentro hacia afuera alrededor de toda la unidad. Programaron los turnos.

Se hizo de noche. Era difícil ver afuera porque no había luz, ni siquiera de los satélites. Los que tomaron el primer turno perdieron el interés y pronto se quedaron dormidos en sus puestos. Braven despertó y los encontró durmiendo. Los dejó descansar y se quedó despierto en su lugar.

Era demasiado silencioso. Se acordó de los pájaros, lagartijas, reptiles, e insectos en Edén. Pensó en lo que había dicho la Profesora Sheer, de la razón por la que no había fauna, ni siquiera insectos visibles en

Jedira. Se habían descubierto microbios en las plantas y en el agua, pero nada que se apreciara a simple vista. Recordó que los pioneros habían puesto las plantas para producir oxígeno más de un siglo atrás, para cambiar las condiciones atmosféricas que la vida humanoide necesita. Jedira apenas se había colonizado. Se preguntaba qué criaturas traerían primero. Seguramente nunca traerían animales peligrosos. Entonces, ¿qué podría ser esta bestia? Braven siguió especulando.

Llegó la mañana sin señales de la criatura. Braven abrió la puerta y buscó por la unidad. No había ni huellas, ni rasguños, ni objetos caídos. Todo parecía estar en orden.

Despertó a los demás. Algunos preguntaron por qué no los despertaron para sus turnos. Braven no dio explicaciones.

<<Necesitamos poder ver de noche. Cuando no están los lunas no hay nada de luz,>> dijo Braven. Salieron sugerencias, pero ninguna tenía sentido o parecía posible.

<<¿Y si vamos a explorar?>> preguntó Khara. <<¿Quién quiere ir conmigo?>>

<<¡Yo no!>> exclamó Zhan. <<¡No quiero que me coman!>>

<<Yo tampoco,>> dijo Whisper.

<<Yo iré contigo,>> dijo Braven. <<Veremos si hay más evidencias de esta criatura, y tal vez encontremos una manera de deshacernos de ella.>>

Después del desayuno y preparaciones, Braven y Khara salieron hacia el área común mientras el resto se quedó a salvo dentro de la unidad. Todo se veía igual. Había daños, pero nada diferente de lo normal. ¿Todo el daño había sido por un monstruo y no una tormenta? solo una criatura enorme podría destruir edificios así. ¿Por qué nadie lo había visto?

Braven y Khara entraron al área común. Nada fuera de lo normal. Siguieron por el perímetro para no estar sin protección y llegaron a la cafetería. Había más destrucción en la cafetería de lo que había habido apenas un día atrás.

<<Algo ha estado aquí,>> dijo Khara.

Braven examinó los contenedores de comida rotos, los daños en las paredes y las manchas en el piso. <<Algo está mal,>> comentó. <<Mira estas manchas en el piso y en las paredes.>>

Khara las observó bien. Estaba a punto de decir algo, pero Braven la interrumpió.

<<Vamos a la estación central,>> dijo él.

Con eso los dos salieron a investigar, dispuestos a cazar al monstruo. En camino a la estación central, descubrieron evidencias de aún más actividad destructiva.

<<Siempre encontramos nuevas evidencias, pero nunca a la criatura. ¿Qué estará pasando?>> preguntó Khara.

<<Tal vez sea nocturna,>> comentó Braven, <<y tal vez se haya quedado en este lado de la colonia.>>

La puerta de la estación central estaba abierta. Quizás la habían dejado así en su huida unos días antes. Los dos se asomaron, pero no vieron nada inusual. Entraron con cuidado. Caminaron por el pasillo de la entrada, cruzaron el vestíbulo y el corredor examinando todo a la vista. Abrían puertas para ver adentro y continuaban caminando. No sabían que estaban buscando, pero sabían que tenían que seguir haciéndolo.

Braven encontró el cuarto donde sabía que su madre había trabajado. Todo estaba en desorden, pero la vegetación seguía viva. Eso le alegró. Los tanques seguían dando agua y nutrientes a todas las plantas. Braven examinó uno de los contenedores. Era la planta platsima que no permitió que Mamá los acompañara en el viaje. ¿Y si Mamá hubiera ido? ¿Estaría con ellos todavía, o se habría muerto con los demás? ¿Dónde estaba ahora? Braven tenía tantas preguntas sin respuestas.

<<Braven,>> Khara interrumpió el silencio y lo asustó.

Braven volteó con ella y vio un tanque transparente que contenía lo que parecía ser el lodo venenoso. <<¡No puede ser!>> exclamó Braven sorprendido. <<¿Acaso Mamá sabía del lodo todo este tiempo? ¿Por qué no me dijo nada?>> su mente se disparó.

También había en investigación, otras especies que Braven nunca había visto. Estaba muy sorprendido de que su Mamá no le hubiera platicado porque siempre le hablaba de su trabajo. Al parecer no conocía a su mamá tan bien como pensaba.

Los dos siguieron buscando, pero no encontraron nada importante. Los dos tenían más preguntas que respuestas.

Por el pasillo había más cuartos con otros artículos almacenados, pero nada interesante. Decidieron irse de ahí y regresar por los demás para que les ayudaran a buscar. Al salir del edificio, Braven experimentó otro terror del pasado. ¡Las plantas se habían cerrado!

Sección 9

Angustia

Enseguida, hubo una explosión por un rayo en el suelo a solo tres metros de ellos que los derrumbó. Rápidamente regresaron a las puertas de la estación central justo a tiempo para evitar que les pegara la tierra y las piedras aventadas por una segunda explosión. Corrieron a buscar refugio, escuchando más explosiones alrededor de ellos. El edificio se estaba derrumbando por los golpes. Los dos se llenaron de confusión y terror. ¿En dónde se podrían esconder? Los rayos atravesaban el techo. Corrieron a un pasillo y se agacharon en el rincón.

Se incrementó la intensidad de la tormenta. El viento y los golpes eran muy potentes y destructivos.

Hubo más explosiones violentas alrededor de ellos. Se aferraron uno al otro en el piso en el rincón del pasillo. Un golpe directo los vaporizaría.

El tiempo pasaba, pero la tormenta no se calmaba. Pasaron las horas y parecía que nunca se terminaría. Cayó la noche y la poca luz que quedaba se convirtió en oscuridad. Las explosiones no cesaban. El viento les alborotaba el cabello y la ropa. Sentían cómo pequeñas piedras y arena golpeaban su piel. Tenían más miedo que nunca. Sus músculos se cansaban de abrazarse tan fuerte, pero no se soltaban para sentirse seguros. Se llenaron de angustia y desesperación. Braven no sabía que las tormentas podían durar tanto tiempo y con tanta intensidad.

Khara estaba llorando. Los dos gritaron por los rayos tan cercanos y por los golpes de los objetos en sus cuerpos. Algo le rasgó a Braven en su espalda y su hombro tan fuerte que perdió la sensación en el lado derecho de su cuerpo. Le dolía muchísimo la cabeza. Tenía tanto dolor que se desmayó.

***

Braven abrió lentamente los ojos y escuchó aún más explosiones y viento. Y volvió a perder la consciencia.

***

Sentía mucho dolor en su cabeza y hombro. De repente ya no lo sintió más y cerró los ojos.

***

Volvió en sí, y a la distancia podía oír el viento agresivo y las explosiones. Y de repente, silencio otra vez.

***

Dolor de músculos, dolor en todo el cuerpo. Oscuridad.

***

Llegó la luz. Ya era de día, por fin. Pero la oscuridad otra vez llenó su vista.

***

Tos, dificultad para respirar. Dolor. Silencio.

***

Viento tranquilo. Sonidos desconocidos. Silencio.

***

Luchaba contra el dolor. Trataba de tocar su cabeza. Demasiado dolor. Silencio una vez más.

***

<<Braven.>> Una voz familiar lo despertó. <<Braven, ¿me escuchas?>> Abrió su ojo derecho para ver la cara borrosa de su amiga. Escuchó celebraciones y sintió un toque en su mano. Otra vez sintió mucho dolor y volvió a perder la consciencia.

***

Agotamiento y dolor otra vez atacaron al cuerpo de Braven. Apenas pudo abrir los ojos y vio que ya era de noche. Cerró los ojos una vez más y trató de entender su situación. Tenía muchísimo dolor en su cabeza, hombro, y espalda. Sentía dolor y comezón en sus brazos y en su cara. Recordó escuchar la voz de Khara. ¿Qué le había pasado que le causaba tanto dolor? Su mente buscaba respuestas, pero se volvió a dormir.

***

Abrió los ojos una vez más en total oscuridad. Trató de levantar su brazo derecho, pero no pudo. Levantó su brazo izquierdo para tocar su cara, y encontró que tenía muchas cortadas y raspones. Sentía mucho dolor en su cabeza y espalda cada vez que se movía. Gritó sin querer al bajar su brazo. Se sentía pésimo. Trató de recordar qué le había pasado. ¿El monstruo lo había atacado? ¿Se lo había comido? ¿Estaba muerto? Sus pensamientos se callaron y cerró otra vez los ojos.

**

Una vez más el dolor lo despertó. Gimió de dolor.

<<Braven.>> Ignoró la voz de Khara.

Gimió otra vez. Respiró profundamente y tosió, lo cual le causó dolores intensos por todo el cuerpo. <<<AAAAAAYYYYY,>> gritó.

<<Vas a estar bien,>> Khara lo trató de calmar. <<Vas a estar bien.>>

Braven siguió quejándose del dolor. No podía hacer otra cosa. Trataba de moverse, pero cada vez que lo hacía le provocaba más dolores insoportables en todo el cuerpo. <<No puedo hacer esto...>> trató de decir, pero se desmayó.

**

Braven escuchó un sonido desconocido. Olió alcohol isopropílico. Abrió los ojos y vio a Khara ocupada en romper trapos. Observó sus movimientos. Su ropa estaba rasgada y tenía el pelo alborotado. Estaba enfocada en lo que hacía y no se dio cuenta cuando Braven despertó. Después de tomar un corto y ruidoso respiro, volteó con él.

<<¡Braven!>> Estaba emocionada al ver sus ojos abiertos. <<¿Cómo te sientes?>> Se le notaba la preocupación en su voz.

<<Yo, eh...>> Braven trató de hablar, pero casi no podía formar las palabras. <<¿Qué...pasó?>>

Khara cuidadosamente le dio un abrazo. Estaba muy aliviada de que ya había despertado.

<<Nos atrapó una tormenta que duró muchísimo tiempo.>> Le explicó que por las explosiones algo le golpeó en la cabeza, haciendo que perdiera la consciencia y que desde entonces ella había cuidado de él.

<<Agua,>> apenas pudo formar la palabra. Rápidamente Khara fue por un vaso y se lo puso en los

labios. Él dejó que el líquido refrescante le saturara la boca y la garganta.

Después de un tiempo, Braven le preguntó, <<¿Estás...bien?>>

<<Claro que sí.>> le respondió. <<Tú me protegiste de la tormenta con tu cuerpo, yo solo tengo unas cortadas y moretones. Tú te llevaste los golpes más fuertes. Has estado inconsciente por dos días.>>

¿Dos días? Braven estaba sorprendido y preguntó, <<¿Los demás están bien?>>

<<Si, estamos bien. Todos tenemos muchas cortadas y moretones,>> contesto Khara. <<Jauris ya checó a todos, y nos pusimos vendajes unos a otros. Ah, y también encontramos a Dirk y a Kirk.>>

Braven no se había acordado de los gemelos. No los había visto desde el día que se fueron. Le dio sueño así que volvió a cerrar los ojos para descansar. Escuchó a Khara decir algo, pero pronto solo había silencio.

***

Abrió los ojos una vez más y Khara estaba dormida. Todo estaba oscuro y silencioso. Podía ver por la ventana que Wilstor había salido. Su luz le dio una sensación de libertad de la oscuridad. La miraba hipnotizado. El dolor había disminuido un poco.

¿En realidad dijo Khara que habíamos tenido otra tormenta? ¿Y que encontraron a los gemelos? ¿Todo eso fue un sueño? Braven no sabía cuánto era verdad de lo que recordaba. Estaba muy confundido. ¿Y los demás? Jauris, Zhan, y Whisper? ¿Sobrevivieron a la tormenta? ¿Por qué no veía a nadie más que a Khara?

Levantó su mano para tocar su cara. Le dolían las cortadas y los moretones, pero no tanto como su nuca y torso. Se revisó la cabeza y encontró vendas en su nuca y oreja derecha. No sentía nada en su brazo izquierdo, y se dio cuenta que se lo habían vendado para que no lo moviera. Empezó a sentir dolor en su pie y tobillo izquierdo. Trató, pero no podía mover ninguno de sus dos pies.

Braven estaba inquieto una vez más por tantas preguntas sin respuestas. Sabía que cualquier respuesta de todas formas no le ayudaría en ese momento, así que decidió cerrar los ojos y aceptar sus circunstancias actuales. Pronto se durmió otra vez.

***

Más dolor. Más olores. Más ruidos. Gente platicando. Braven abrió sus ojos. Su boca estaba reseca. Tenía mucho dolor de cabeza. Trató de identificar las voces que oía. Vio que ya era de día. Sintió movimientos alrededor. Su garganta estaba reseca. Tosió, causando dolor terrible.

<<¿Braven?>> respondió Khara. <<¿Me escuchas?>>

Braven lloró. Nunca se había sentido tan horrible.

<<Ten. Toma agua,>> le instruyó una voz nueva.

Braven tomó trago tras trago del líquido refrescante. Le aliviaba tanto su garganta reseca. Quería beber más y más.

<<Espera, poquito a la vez,>> dijo la misma voz con compasión. <<Sí que te dio muy fuerte.>> Era Jauris.

Braven finalmente pudo ver bien a sus enfermeros. Vio que tenían vendas y cortadas pequeñas en sus caras y brazos. <<¿Qué pasó?>> apenas pudo pronunciar las palabras.

Khara y Jauris le platicaron de la tal <tormenta del siglo> que duró casi dos días. Braven había sido aplastado por una pared cuando esta colapsó sobre él y Khara. Braven la había protegido, así que no sufrió heridas graves. Después de la tormenta, Jauris, Zhan, y Whisper estaban atrapados en la estación central. Khara otra vez escuchó ruidos y empezó a pedir auxilio. Dirk y Kirk llegaron y ayudaron a Khara y a Braven a salir de los escombros. Los gemelos llevaron a Braven a una unidad no afectada. No sabían si había sufrido heridas internas, y sabían muy poco de medicina. Los demás habían estado recogiendo todo lo que podían de comida y otras cosas que pudieran ser útiles.

La mitad de las estructuras estaban totalmente destruidas. El resto de los edificios tenían los techos y paredes tumbados. La cafetería había quedado en ruinas, junto con toda su comida almacenada. La estación central había sufrido muchísimo daño, tanto que había una parte que no era segura para entrar. Braven y Khara tenían suerte de estar vivos.

Braven recibió más líquidos mientras Jauris revisó

sus vendas sangradas. Khara le explicó a Dirk y a Kirk que necesitaban comida fácil de digerir. Salieron a ver qué podían encontrar. A Braven no le gustaba que la gente lo atendiera, pero sabía que necesitaba ayuda.

Sección 10

Supervivencia

Los días se convirtieron en semanas y las semanas en meses, Braven recuperaba poco a poco su salud y su fuerza. Juntaron comida y otras cosas necesarias de otras unidades en la colonia. Jauris juntó suficiente agua del rocío nocturno para proveer diariamente para todos. Los generadores de sol y viento ya no servían, y no había luz en toda la colonia.

Khara continúo cuidando de Braven, cambiando sus vendas y dándole agua. Jauris le ayudaba en el baño. Braven apreciaba lo que hacían por él y trataba de agradecerles en todo momento. Los demás juntaban agua y comida. Khara hacía vendas de prendas de vestir, y tomaba cada oportunidad para consolar a

Braven. Braven podía sentir su compasión.

<<Ustedes son tan buenos conmigo,>> mencionó Braven.

<<Ah, lo dices porque es cierto,>> contestó Khara con una sonrisa. Braven también le sonrío.

Al pasar los meses, Braven recuperó su fuerza, y el grupo se convirtió en la familia que Braven había deseado que fueran durante todo este tiempo, trabajando hacia la misma meta. Conversaban sobre ideas nuevas para obtener más comida, detalles de lo que harían cada día, y hasta de cosas que podrían hacer para divertirse. Encontraron dos unidades no dañadas cerca del área común donde podrían quedarse de noche. Pusieron una cama para Braven cerca de una ventana para que viera el área común. Kirk lo había sugerido para que Braven pudiera verlos jugar. Braven se sentía honrado de que pensaran en él.

Los gemelos se rieron por haber hecho a todos pensar que había un monstruo. Explicaron que habían sido ellos los que hicieron los sonidos y causaron los daños. Todos se rieron y contaron de sus pesadillas donde los monstruos se los comían vivos.

Familia. Eso es lo que eran ahora. Ninguno de ellos sabía cuánto tiempo habían estado sin sus padres. Los extrañaban muchísimo, pero se dieron cuenta de que podían sobrevivir solos. Los quehaceres ya se les hacían normales y nadie se quejaba.

Braven podía hacer muy poco, pero trataba de hacer su parte. Podía caminar un poco pero casi siempre necesitaba que le ayudaran a no caerse. Se le había roto su tobillo izquierdo y todavía estaba en recuperación. Seguía con dolores de cabeza y de hombro. A veces los dolores de cabeza lo debilitaban totalmente.

Khara dijo que iba a la estación central a ver si había algo más en los laboratorios médicos y de investigación que pudieran utilizar. Whisper ofreció ayudarla. Braven sonrió ya que pensaba que era su manera de escapar del trabajo pesado que los chicos querían hacer al este del área común y la cafetería. Las chicas salieron mientras los chicos hacían las últimas preparaciones para irse.

Braven odiaba su situación actual, pero le daba

gusto ver cómo les iba a los demás. Después de la tormenta, tuvieron que formar estrategias para ver cómo obtener más comida. Pronto tendrían que mejorar sus estrategias ya que se les estaban acabando los suministros.

Se recostó un rato más antes de realizar las pequeñas tareas que le dejaban para hacer. Escuchó un ruido extraño, pero pensó que era el ruido de algún juguete que alguien había encontrado para un juego que habían inventado.

Después de una hora, Braven escuchó a Dirk decir <<¡Es un róver!>> Escuchó a los chicos correr hacia el lado sur del área común donde todos lo vieron. Se cambió de posición para verlo también. El róver estaba cubierto de polvo y mugre.

<<¿De dónde salió ésto?>> preguntó Kirk.

<<¿Otro de sus bromas pesadas?>> preguntó Zhan.

<<Esta vez no,>> respondieron.

Los niños se juntaron alrededor del vehículo. Braven apenas los podía ver, pero escuchó cada palabra.

Se movió para ver mejor todo lo que estaba pasando. ¿Cuándo llegó? ¡Alguien había venido!

Poco después, alguien gritó desde adentro de una de las unidades dañadas. <<No se acerquen a mi róver!>> La voz era ruda e insistente. Salió un hombre grande, seguido de dos más. ¿Quiénes eran? ¿Habían venido de la Colonia Alfa? ¿Conocían a sus padres? Todos se llenaron de anticipación.

El hombre más grande se acercó al róver. <<¡Quita tus manos de encima, chico!>>

Jauris estaba asustado.

<<¿Qué hacen aquí? ¿dónde están sus padres?>> preguntó.

<<Eh...están...>> Jauris empezó.

<<Salieron a buscar comida. Muy pronto regresarán,>> interrumpió Kirk.

<<¿Dónde está su comida?>> preguntó otro hombre.

Kirk continuó hablando, <<Nuestra cafetería fue destruida por una tormenta. No tenemos comida. Por eso salieron a buscar más.>>

<<Tienes que tener comida aquí chico. ¿Dónde está?>> insistió el hombre.

Kirk no sabía qué decir. El hombre agresivo lo había sorprendido.

<<Carver, eres demasiado rudo con estos niños,>> comentó uno de los demás hombres. <<Vamos a presentarnos. Soy Boss porque soy el jefe. Él es Carver porque le gusta cortar cosas. Él es Reaper porque le gusta cosechar. Venimos por municiones, tal vez otras cosas, y luego nos vamos.>>

<<No tenemos municiones. La tormenta arrasó con todas,>> replicó Jauris.

<<¿Quién más está aquí?>> preguntó.

<<Sólo nosotros,>> le respondió Kirk.

Boss lo vio a los ojos. <<¿Nada más son ustedes cuatro? ¿Dónde dicen que están sus padres?>>

<<Después de la tormenta nuestros padres caminaron hacia el Perímetro a buscar comida mientras nosotros nos quedamos aquí a buscar dentro de la colonia,>> Kirk otra vez le mintió al hombre.

<<No vi a nadie en el Perímetro. Tampoco vi nada

de comida allá. Más te vale que no nos estés mintiendo,>> respondió Boss.

<<Sí. Más te vale que no estés mintiendo, chico. O te corto en pedacitos,>> amenazó Carver.

<<Es cierto,>> interrumpió Dirk. <<Regresarán muy pronto.>>

En ese momento, Braven supo que estos hombres no tenían buenas intenciones, y que tenían que alejarse de ellos. Habían venido a llevarse su comida y a hacer lo que quisieran con sus amigos. Se levantó lentamente sin hacer ruido. Khara y Whisper se habían ido a la estación central, y el esperaba que se quedaran ahí. La mentira de los gemelos encubría a los demás muy bien, lo cual les ayudaría a poder escapar.

Braven salió de su unidad por la puerta de atrás, caminó entre otros edificios para buscar a las chicas. Sabía que si estos hombres las encontraban estarían en mucho peligro. Entró lo más silenciosamente posible y se dirigió hacia el área de investigaciones. Escuchó ruidos en uno de los cuartos de al lado y encontró a Whisper.

<<Whisper,>> Braven le habló en voz baja.

Ella volteó con él y dijo, <<Braven, ¿Qué haces fuera de tu cama?>> Su voz parecía más fuerte que nunca.

<<Shhh,>> levantó la mano con una cara de asustado.

Khara entró a la conversación. <<¿Por qué no estás en tu cama?>>

Braven otra vez señaló que hablaran más bajo. <<Hay unos hombres aquí buscando nuestra comida. Los chicos los tienen distraídos, pero tenemos que mantenernos escondidos.

Las chicas estaban asustadas. No habían visto a otro humanoide en tanto tiempo, y los que por fin llegaron no estaban ahí para ayudarlos.

<<Tienen un róver, y tal vez podamos mandar un mensaje a la Colonia Alfa,>> dijo Braven.

<<¿Qué vamos a hacer?>> preguntó Whisper.

Braven no sabía qué decir. Nunca en su vida había visto a alguien que odiara tanto a otros, y con intenciones de robarles. La vida en Jedira era una vida libre de la crueldad del universo. O tal vez sus padres los habían protegido de eso. No sabían qué hacer.

Entraron a otro cuarto a hablar. Braven les dijo acerca de la conversación que tuvieron los gemelos con los hombres. Tal vez eso les daría un poco de tiempo. Estaba seguro de que Jauris y Zhan les seguirían la corriente. Tal vez perderían lo poco que les quedaba de comida, pero por lo menos nadie saldría herido.

Salieron por detrás del edificio y vieron que los hombres tenían a los chicos detenidos; los vio llevarlos a la unidad de Braven. Después de unos minutos, los tres salieron y hablaron un poco antes de separarse. Uno de ellos se quedó en el área para guardar a los rehenes.

<<Tenemos que recuperar a los chicos,>> dijo Braven.

<<Espera, ¿esos hombres saben que tú estás aquí?>> Khara preguntó.

<<No creo. No me vieron,>> explicó Braven.

<<Si los chicos no les dicen de nosotros, tal vez podamos liberarlos, robarnos el róver, y escaparnos a la Colonia Alfa,>> explicó Khara.

<<Genial,>> dijo Whisper.

<<Sí, pero vamos a averiguar bien qué es lo que quieren exactamente y cómo podemos recuperar a los chicos,>> dijo Braven.

Los tres compartieron sus ideas. Algunas habrían terminado en desastre, pero otras tenían mucho sentido. Se enfocaron en la misma meta: recuperar a los chicos y alejarlos de los hombres. Pero ¿cuál era la mejor estrategia?

<<¿Y si usamos armas para defendernos?>> preguntó Whisper. Ninguno de ellos había tocado un arma antes. Las armas pertenecían al personal de seguridad y a los demás no se les permitía tocarlas. Supuestamente estaban guardadas en la estación central, pero nunca las habían encontrado en búsquedas anteriores. Los tres entraron otra vez a la estación central a buscar cualquier cosa que se pudiera usar para defensa propia.

Al entrar al edificio, vieron que los hombres no habían llegado ahí. Caminaban cuidadosamente a los cuartos que podrían contener algo que les sirviera.

Buscaron en muchos cuartos, y finalmente llegaron al laboratorio. Juntaron bisturíes, tijeras, y cualquier otra cosa que les sirviera para protección personal.

Se escuchó un alboroto. Todos se detuvieron. ¡Voces! Los hombres habían entrado a la estación central. Los tres rápidamente encontraron donde esconderse. El sonido de pasos fuertes caminando hacia ellos, creó un entorno intenso. Whisper se empezó a hiperventilar, y Khara la calmó. Los pasos se detuvieron justo afuera de la puerta del laboratorio.

<<Oye, ¿qué es esto? Ven acá,>> uno de los hombres llamó al otro y entró al cuarto donde los tres estaban escondidos. Los dos abrieron cajones y gabinetes y tiraron todo al piso. Los tres niños mantuvieron la calma.

<<¿Es algún tipo de laboratorio para un científico loco? Yo seré el doctor,>> dijo un hombre en tono de juego al otro, y puso un dispositivo médico en el cuello del otro.

<<¡Deja eso! Concéntrate en el plan. Vamos a sacar lo que podamos encontrar e irnos de aquí. Los

papás de esos niños pueden regresar en cualquier momento,>> le dijo el otro.

<<¿Y qué vamos a hacer con esos chicos? No tenemos espacio para llevarlos con nosotros. ¿Encerrarlos en algún cuarto? O podríamos llevarlos muy lejos y abandonarlos ahí. ¡O los hacemos nuestros esclavos!>>

<<Ya nos vieron y pueden reportarnos. Necesitamos encontrar lo que podamos, matarlos, e irnos de aquí,>> dijo el otro despreocupadamente.

¡Matarlos! Braven no podía creer lo que acababa de escuchar. Sabía que necesitaban liberar a los chicos antes de que los hombres los lastimaran. Braven vio a Khara mientras se dirigía lentamente detrás de las plantas. Uno de los hombres se le había acercado demasiado.

Uno de los hombres vio las plantas platsimas y rompió uno de los tallos. <<No hay nada aquí. Vámonos.>>

Los hombres se fueron, dejando atrás un desastre más grande que cuando habían llegado. Los tres se esperaron en su lugar unos minutos más. Si esos hombres pensaban en matar a los chicos, también ellos tomarían cualquier oportunidad de lastimarlos.

Khara señaló a Braven. Él lentamente se acercó a donde estaban las chicas.

<<Tenemos que ir por los chicos y salirnos de aquí,>> dijo Braven. <<Creo que nosotros no podemos ni con uno de esos hombres en una pelea.>> Las chicas estaban de acuerdo.

Llegando a la entrada, los tres vigilaron la escena. Los hombres estaban en dos lados opuestos del área común. Los chicos estaban en el edificio más cercano a Boss del lado izquierdo. Fueron por detrás de los edificios hasta llegar al patio de la unidad donde tenían a los chicos cautivos. Se detuvieron a escuchar cualquier ruido que viniera de dentro. Todo estaba en silencio.

Khara se asomó por la esquina de enfrente de la unidad. Boss estaba caminando en su dirección, así que regresó a la parte de atrás de la unidad donde estaban los demás. Se asomó otra vez y vio que el hombre seguía caminando hacia ellos. Rápidamente los tres se movieron hacia el otro lado del edificio. El hombre solo había ido a buscar un baño. Los tres estaban atrapados entre la parte de enfrente y la de atrás de la unidad. Se mantuvieron en sus posiciones en silencio.

Pronto Boss dio la vuelta y se encontró cara a cara con Braven. Boss extendió la mano para atraparlo. Las chicas se echaron a correr mientras Braven trató de defenderse. El hombre era mucho más fuerte que Braven, y sus heridas todavía sin sanar completamente, no le ayudaban.

Boss tomó a Braven del brazo y lo empezó a arrastrar hacia el frente de la unidad. Boss llamó a los otros hombres para que fueran por las chicas.

Braven tomó las tijeras que tenía en su bolsillo. Le pegó al hombre debajo de su brazo lo que provocó los gritos del hombre. Le dio tres golpes más en el pecho y en otros lugares donde pudo alcanzar. Boss soltó a Braven empujándolo hacia el otro lado del edificio. Braven se golpeó la cabeza en la pared al caer, lo cual le causó un dolor insoportable. Braven se cayó de rodillas. Boss también cayó en una rodilla, y con una mano en su pecho, le gritaba enojado. Braven usó toda la fuerza que le quedaba para huir. Corrió lo más fuerte que pudo en diferentes direcciones para escaparse del hombre. Le dolían muchísimo las costillas, el tobillo, y la cabeza. Se escondió en una unidad, pero sabía que no podía esconderse por mucho tiempo.

Las chicas vieron que los otros dos hombres las estaban persiguiendo. Corrieron entre dos unidades y se escondieron detrás de otra. Los hombres no desistían. No se podían esconder.

Las chicas entraron a la estación central, corriendo por los pasillos. Los dos hombres las siguieron de cerca. Entraron otra vez al laboratorio donde se habían escondido antes. Los hombres tiraron todo a su paso para entrar a su escondite.

Reaper entró y dijo, <<¿Y que tenemos aquí?>>

Las chicas gritaban mientras los hombres se les acercaban. Carver tomó a Whisper del brazo y la jaló hacia él con una risa malvada. Reaper trató de agarrar a Khara pero ella lo aventó del brazo.

<<¡No se nos acerquen!>> demandó Khara.

<<¡Qué agresiva!>> dijo Reaper con un tono tenebroso. Trató de tomar a Khara de la mano, pero otra vez se le escapó.

Whisper gritó. Carver la había jalado al otro lado del cuarto y la tumbó al piso.

Reaper se acercó más a Khara. Ella encontró una pequeña sartén y pensó en usarla para pegarle, pero luego se dio cuenta de dónde estaba. Así que usó la sartén para tomar un poco del lodo venenoso y, teniendo cuidado de no tocarlo, se lo aventó a la cara de Reaper.

Reaper se paró para limpiar el lodo de sus ojos. <<Voy a disfrutar mucho esto.>> Se le acercó más, y justo cuando la iba a agarrar, empezó a gritar. Puso sus manos sobre su cuello y su cara, colapsó en el piso, y gritó de dolor.

Khara tomó más del lodo con la misma sartén y caminó hacia el agresor de Whisper. Carver ya le había roto su ropa y los dos estaban en el suelo. Khara le echó el lodo en la cabeza y por debajo de la camisa en su espalda y su cuello. Él le pegó a Khara en la rodilla y ella se cayó. La vio con una mirada aterradora. Se levantó y empezó a caminar hacia ella, pero de repente se detuvo por el dolor. Mientras los dos hombres gritaban y se quejaban, las chicas se escaparon del cuarto.

Mientras tanto, Braven se estaba asomando por la ventana. No se veía nada. Decidió averiguar dónde estaban todos. Se fue de la unidad y se dirigió hacia el área común. Podía escuchar gritos a la distancia, pero no era de las chicas. Vio al hombre que lo había atacado cuando cruzó la calle hacia la estación central. Se dio cuenta de lo mucho que lo había herido por sus movimientos lentos.

Braven llegó a la unidad donde estaban los chicos y entró. En el cuarto principal, encontró a los chicos sentados en el piso con sus manos atadas a los muebles. Braven les señaló que guardaran silencio y rápidamente los liberó mientras les platicaba de la situación con las chicas. Ya libres, el grupo se fue por la puerta hacia el área común. Vieron a Boss mientras entraba lentamente a la estación central. Tenía sangre corriendo por su lado derecho.

<<Tenemos que encontrar a las chicas,>> dijo Braven.

<<Necesitamos ese róver,>> respondió Dirk.

<<Tú y Jauris vayan por el róver. Nosotros iremos por las chicas,>> dijo Braven.

Con eso, el grupo se dividió. Dirk y Jauris llegaron al róver. Vieron que la puerta estaba abierta, y el vehículo estaba solo. Revisaron por dentro para ver si sabían cómo operarlo.

Kirk y Zhan iban caminando rápidamente por el área común, buscando a Khara y a Whisper. Braven trató de seguirlos, pero finalmente les dijo que lo dejaran atrás. Todavía oían las voces de los hombres dentro de la estación central. ¿Tendrían a las chicas? ¡Tenían que ir a ayudarlas de inmediato!

Mientras ellos se acercaban más, escucharon a Whisper decir, <<¡porque te lo mereces!>> Las chicas salieron del edificio y se encontraron con los chicos. El grupo se echó a correr lo más rápido que podía hacia el róver. Esperaban que Dirk y Jauris supieran cómo activarlo.

A la vuelta de la esquina, llegó el róver por ellos. Dirk lo estaba manejando como todo un profesional. Todos se subieron, y Dirk se dirigió hacia las afueras de la colonia.

Sección 11

El viaje

El róver iba suavemente sobre el terreno. Dirk se sentía orgulloso de haber logrado echar a andar el vehículo. Todos le aplaudieron. Braven nunca lo había visto tan contento consigo mismo. Dirk había programado el róver para que los llevara hacia el oeste. Ya que no había sistema GPS, la programación era direccional. No habría cambios de dirección a menos que se detectara un obstáculo, lo cual causaría que se activaran los sensores y los frenos automáticamente para avisar que necesitaban intervenir manualmente. Dirk se aseguraba constantemente de que el terreno que se aproximaba fuera seguro.

Los siete iban en un vehículo con cinco asientos.

Aunque no iban muy cómodos, se sentían agradecidos por poderse alejar del terror que habían experimentado. Las chicas platicaban acerca de cómo habían logrado escaparse de los hombres. Cada uno tenía su propia historia que contar desde su perspectiva.

A Braven le gustó mucho ver sus caras mientras platicaban sobre sus eventos heroicos. Él reflexionaba sobre cómo habían trabajado juntos para protegerse unos a otros y para escaparse de los peligros. Sus experiencias los habían convertido en mejores amigos. Habían desarrollado una amistad tan cercana durante su viaje, el cual todos sabían que se acabaría pronto.

<<Y, ¿de dónde salieron esos hombres?>> preguntó Khara.

<<Son saqueadores,>> dijo Kirk. <<Escuché a mi padre hablar de ellos una vez. Eran parte de las colonias, pero se rebelaron, y se fueron a formar su propia colonia.>>

<<¿Dónde está su colonia?>> preguntó Khara, pero nadie sabía la respuesta.

<<¿Sabes cómo llegar a la Colonia Alfa?>> Kirk le

preguntó a su hermano.

<<Eh, ¿hacia el oeste?>> contestó Dirk. Jauris les dijo que el GPS había sido dañado y que no funcionaba.

<<¿Hay una radio aquí? ¿No podemos contactar a alguien?>> preguntó Braven. Jauris dijo que la habían arrancado totalmente.

<<¡Genial!>> dijo Zhan sarcásticamente.

<<Y, ¿dónde está Alfa?>>

<<¿No está hacia el oeste de Delta?>>

<<Como a unos mil kilómetros.>>

<<No, no está tan lejos.>>

<<Tengo hambre.>>

<<¿Te puedes levantar? Se me durmió la pierna.>>

<<Algo aquí apesta.>>

Braven empezó a reírse. ¡Qué gran equipo! Los demás también se rieron. Pronto todo el róver se llenó de carcajadas, y todos estaban haciendo comentarios absurdos. Braven dejó de reírse de repente por un dolor fuerte que le dio en su cabeza. Trató de que los demás no se dieran cuenta.

El róver siguió su camino. Después de unas horas,

empezaron a decir que necesitaban ir al baño, estirar sus piernas, o tomar aire fresco. Dirk quitó el autopiloto y detuvo el vehículo. Se abrió la puerta, y todos se bajaron a estirarse y a caminar un poco.

No había nada más que vegetación baja alrededor de ellos. Habían estado más de cuatro horas viajando sin señal alguna de Alfa. ¿Cuánto más tardarían en llegar? ¿Acaso irían en la dirección equivocada? ¿Se habrían desviado? ¿Cómo podrían saber dónde estaban sin sistema GPS? La mente de Braven estaba buscando respuestas.

Braven encontró a Jauris para hablar de sus preocupaciones. Khara se les acercó y se unió a su conversación. Pronto los demás hicieron lo mismo. No había estructuras altas dónde subirse a ver más terreno, ni formaciones geográficas que pudieran seguir, ni estrellas todavía. solo estaba Capria para guiarlos hacia el oeste. Nunca nadie había viajado tan lejos antes sin adultos y sin GPS, ya que casi siempre se quedaban dentro de su colonia. Kirk se subió al techo del róver. Miró al horizonte para ver si había algún cambio de terreno o señal de...algo.

<<¿Puedes ver montes en el horizonte?>> preguntó Braven.

<<Nada,>> le contestó Kirk.

<<¿Cómo sabemos que vamos bien sin nada que nos guíe?>> preguntó Whisper.

Era una pregunta simple pero preocupante. ¿Deberían de seguir viajando derecho, esperando que fueran en la dirección correcta? ¿A dónde llegarían? ¿A la Colonia Alfa? Ya se estaba haciendo de noche y todos acordaron pasar la noche donde estaban, y así planear su ruta con las estrellas y tener más información en la mañana.

Fue muy difícil encontrar un lugar para descansar. El róver era el único refugio y solamente dos podían relajarse dentro cómodamente. Zhan se acostó debajo del vehículo, aunque no era fácil. Salió más rápido de lo que entró diciendo que no le gustaban los espacios encerrados. El rocío pronto mojaría a todos así que tuvieron que decidir quiénes iban a permanecer secos. Después de una discusión muy corta, ganaron las chicas.

Los cinco chicos encontraron lugares alrededor del róver donde pudieran estar cómodos.

Braven, Jauris, y Dirk empezaron a ver las constelaciones y estrellas para planear su ruta. Capria ya se había bajado en el este. Wilstor apenas se estaba levantando, y faltaba mucho para que saliera Kadyen. Encontraron las constelaciones Niscene y Pistenele fácilmente, ya que todos habían aprendido de ellas en la escuela y sabían cómo basarse en ellas para identificar este y oeste. Encontraron la estrella Radzier, que normalmente dirigía hacia el oeste durante los medios equinoccios, pero nadie se acordaba en qué equinoccio se encontraban. Jauris nombró unas otras estrellas, pero eso no les ayudaba a saber en qué dirección tenían que ir.

Jauris determinó que se estaban dirigiendo demasiado hacia el norte, y Dirk tendría que cambiar su rumbo para ir quince grados más hacia el sur. Los demás chicos no le discutieron, ya que no sabían si tenía razón o no. Confiaban en Jauris, ya que era bueno con las matemáticas.

<<¿Cómo podían los humanoides navegar sin GPS?>> preguntó Dirk.

Jauris les dio una clase de historia. <<En el Planeta Tierra, los humanoides en barcos utilizaban las estrellas para navegar. Después, desarrollaron el sextante que era un tubo de metal para aumentar la vista. Luego utilizaron papel hecho de flora fibrosa e hicieron gráficas del terreno para ubicarse. En Próxima B, los humanoides utilizaban el sistema Bangeins, el cual usaba circulaciones aéreas para guiarlos a su destino. Luego en Scalapsis 2...>>

<<Gracias, Profesor Antigüedad, por esa lección tan inspiradora,>> Dirk interrumpió. Braven no pudo evitar reírse.

<<Entonces, mañana que nos vayamos, si cambio la dirección unos quince grados, ¿llegaremos a Alfa?>> Dirk cambió el tema. <<¿Dentro de cuánto tiempo?>>

<<¿Quieres oír mi explicación científica, o la respuesta simple?>> dijo Jauris con sarcasmo.

<<Sólo dime,>> respondió Dirk.

Después de pensarlo un poco, Jauris contestó,

<<Yo diría que ocho o nueve horas más.>>

Después de un suspiro, Dirk dijo, <<Voy a descansar.>> Se fue a recostar en el lugar que había escogido.

Braven y Jauris otra vez vieron hacia el cielo. El sinfín de estrellas era hermoso en la oscuridad con la poca luz del satélite.

Braven finalmente preguntó, <<¿Por qué le dijiste a Dirk que nos tomaría todo ese tiempo para llegar? Si Alfa está a quinientos kilómetros y el róver va a sesenta por hora, deberíamos hacer todo el viaje en un total de ocho horas. Ya llevamos cuatro viajando.>>

Jauris empezó a reírse. <<Porque pensé, si le digo cuatro y nos toma cinco, empezará a discutir. Si le digo ocho, y llegamos en cuatro, ni se va a acordar.>>

Braven le sonrió y siguió mirando el cielo. Los dos se sentaron en silencio, perdidos en la serenidad.

<<¿Tenemos agua o comida?>> Braven rompió el silencio.

<<No que yo sepa. Lo poco que tenían esos hombres en el róver se acabó. No creo que tengamos

nada para juntar agua,>> respondió Jauris.

Y ahora, ¿qué podrían hacer? Sin agua y sin comida, con esperanzas de llegar a Alfa en la mañana. ¿Y si nunca encontraban la colonia? ¿Y si no tenían las direcciones correctas? ¿Y si se pasaban y seguían en dirección al oeste? Ni estaban tan seguros de que la Colonia Alfa estuviera al oeste. Braven sintió su corazón latir a mil por hora. Tenía que darse cuenta de que de nada servía preocuparse, y seguramente todo se aclararía en la mañana. Fue a su espacio temporal y se acostó.

Braven despertó cuando apenas estaba saliendo Capria. Se levantó y caminó por el perímetro. Tenía dolor en su tobillo izquierdo, y vio que estaba muy hinchado. Los demás estaban dormidos todavía. ¿Cuáles serían los planes para ese día? Todavía se podían ver algunas estrellas; Braven no podía pensar claro. Estaba cansado. Le costaba pensar en lo que tenía que hacer en ese momento por la emoción de llegar a Alfa. Pero, ¿y si no llegaban? Se sentía mareado.

***

Abrió los ojos y Khara estaba viéndolo desde arriba. Se enderezó lentamente. <<¿Qué pasó?>>

<<Estabas acostado aquí, y vine a ver si estabas bien,>> dijo Khara. <<¿Estás bien?>>

<<Claro,>> respondió rápidamente. No tenía idea de lo que había pasado. Revisó alrededor para ver si alguien más lo había visto. Los demás apenas se habían levantado, y se movían lentamente. <<Debí haberme quedado dormido aquí. Las estrellas son muy hermosas.>> Tenía mucho dolor de cabeza.

<<Has estado más activo en estas últimas veinticuatro horas de lo que has estado desde antes de la tormenta. Nos ayudaste a escapar de esos hombres, aunque todavía no habías sanado totalmente. Necesitas tomarte tu tiempo y relajarte un poco. Regresaremos pronto a Alfa, y luego verás a un doctor,>> le dijo con empatía.

Braven sabía que Khara tenía razón. No había sanado totalmente cuando llegaron esos hombres, y luego cuando se pegó en la cabeza con la pared le causó aún más dolor, pero tenía que salvar a sus amigos.

<<Tienes razón, como siempre,>> le respondió.

<<Lo dices porque es cierto,>> respondió con una sonrisa. Braven se rió. <<Creo que no tenemos comida,>> dijo Khara. <<Tenemos un poco de agua, suficiente para esta mañana, y probablemente llegaremos a la colonia pronto.

<<Lo sé, Jauris y yo lo hablamos anoche. Espero que lleguemos en unas horas más.>>

¿Qué pasó? Pensó Braven. *Nunca me había desmayado así antes. ¿Tendré algo grave? ¿Me voy a morir?* Braven tenía mucho dolor de cabeza. Se volvió a acostar y miró hacia el cielo un poco más.

Después de un breve descanso, Braven escuchó a Kirk decir que ya se iban. Braven se levantó despacio. Se sentó y cerró los ojos por el dolor que tenía en la cabeza. Pronto, Khara llegó y le ayudó a subirse al róver. ¿Por qué se sentiría tan débil? Tal vez se había agotado y necesitaba descansar más.

Todos estaban despiertos, subidos al róver, y listos para partir. Salieron siguiendo la ruta que Jauris le había dado a Dirk. Todos estaban sentados en el mismo lugar y posición que el día anterior. No había mucha conversación.

Braven estaba descansando con su cabeza en la puerta. Podía ver la Colonia Alfa frente a ellos, pero nadie decía nada. Dirk no parecía querer parar el róver. Braven mencionó que ya iban llegando a la colonia, pero nadie respondió. Abrió los ojos. Había sido solo un sueño.

El róver tenía una vista abierta, así que tenían una vista de trescientos sesenta grados alrededor. Había vegetación verde y azul mezclada con lo café del terreno, lo cual producía una vista demasiado aburrida para los ojos después de tantas horas de viaje. La mayoría de los pasajeros estaban o dormidos o callados con los ojos abiertos. Hasta Dirk bostezaba mientras conducía.

<<Oigan, miren,>> dijo Zhan. Señaló hacia la derecha. Todos vieron y se sorprendieron.

En el horizonte se podía apreciar una solitaria torre de piedra. Era
la única distinción del terreno plano que habían visto ese

día. Dirk manejó el róver hasta la torre. Todos estaban muy entusiasmados. No sabían qué encontrarían, pero sabían que era diferente que el suelo plano del que ya se habían hartado.

Ya más cerca de la torre, se podía ver la vegetación y la flora que crecía en su perímetro y por cada costado. Ya podían ver que eran dos torres. Las torres se distinguían del resto del horizonte plano. No eran de tamaño mastodonte como las torres que habían visitado con su escuela, pero medían lo mismo de ancho.

El rover se detuvo, el grupo se bajó, y empezó a inspeccionar las torres.

<<¿Podemos subirnos a una para ver qué más se ve?>> dijo Khara.

Con eso, los gemelos corrieron a las torres. Hicieron carrera para ver quién llegaba a la cima primero, pero ninguno de ellos logró escalar más de tres metros. Kirk dijo que eran muy resbalosas y no tenían de dónde sujetarse. Él y Dirk buscaron más alrededor de las torres para ver si podían subirse en otras partes. Khara y Jauris los miraban y daban consejos desde el suelo. Zhan y Whisper buscaban entre la vegetación algo que se pudiera comer. Braven buscaba señales de actividad humanoide alrededor.

Después de inspeccionar un rato más, el grupo se aburrió de su nuevo hallazgo.

<<¿Y ahora qué?>>

<<Todavía no sabemos dónde estamos.

<<Tengo hambre.>>

Nadie se rió esta vez. Estaban confundidos, y Braven sabía que necesitarían agua y comida muy pronto. No había servido de nada pararse en esas torres. solo los había desviado de su camino. Ahora tenían que seguir adelante.

<<¿Y ahora qué?>> preguntó Jauris.

<<Supongo que necesitamos seguir. No hay nada aquí,>> contestó Braven.

<<¿Llegaremos algún día?>> preguntó Whisper.

<<Sí, tarde o temprano,>> le respondió Khara.

<<¿Cuánto tiempo más? Ya me harté de esto,>> dijo Kirk.

<<Falta poco, solo tenemos que ser pacientes,>>

dijo Braven.

Ya al punto de subirse todos al róver, Whisper dijo, <<¿Alguien puede subirse a esas enredaderas? Parece que hay una plataforma ahí.>> Señaló a la vegetación que colgaba en el borde de una repisa en el lado de una de las torres.

Al fijarse, notaron pequeñas grietas y pozos en la piedra justo arriba de las enredaderas, aproximadamente a cinco metros del suelo.

<<Dirk, ¿puedes acercar el róver un poco más? Tal vez Kirk pueda subirse al techo y de ahí y tomar una enredadera para alcanzar la plataforma,>> dijo Braven.

Dirk manejó el róver como un experto, justo al lado de la torre. Kirk se subió al techo, agarró una de las enredaderas y empezó a escalar. Pudo llegar a la plataforma, pero no era suficientemente grande para sostenerlo. Se aferró a la enredadera y buscó una manera de subir más alto. Sus habilidades impresionantes de atleta se pusieron a prueba, las cuales los demás no habían notado hasta ese día.

Subió aún más hasta que no tenía cómo

continuar. No le quedaban más enredaderas ni pozos en la piedra se pudiera sujetar. Estaba a quince metros del suelo y se creía el rey del mundo. Vio con orgullo todo su "reino" en todas direcciones. Llamaba a sus "aldeanos", como si todos se hubieran reunido para escucharlo, y todos se reían de él. De repente se sorprendió y anunció, <<¡Veo un edificio!>>

Sección 12

Reunión

La estructura se ubicaba hacia el sur. Nadie en el suelo la podía ver. Kirk dijo que parecía una cúpula, y había otra con forma cuadrada. Vio unas cosas más pero no sabía que eran.

Todos gritaron con alegría. El grupo se subió otra vez en su róver y esperaba ansiosamente su llegada a casa. Dirk manejó el vehículo desde la torre mientras Kirk le señalaba la dirección hacia las estructuras. Todos estaban emocionados por el descubrimiento porque por fin iban a encontrar a sus familias.

A Braven le entró un pensamiento. ¿Y si ésta era una de las colonias malas de donde venían los hombres malos? Estarían conduciendo hacia una trampa. Expresó sus preocupaciones con los demás.

<<¿En serio crees que pueda ser?>> le preguntó Khara.

<<No sé, solo estoy preocupado, supongo,>> Braven le contestó.

<<Tal vez debamos de acercarnos con mucho cuidado,>> sugirió Khara. <<No necesitamos más de ese tipo de aventuras.>> Todos estaban de acuerdo.

<<Entonces, ¿qué hacemos?>> preguntó Dirk.

<<¿Y si nos esperamos hasta la noche para que nadie nos vea llegar? Podemos acercarnos más y descubrir muy pronto si es una colonia buena o mala,>> Kirk sugirió.

Todos estaban de acuerdo. Dirk paró el róver. A su distancia todavía ni se veían los edificios, así que todos se sentían seguros.

<<Necesitamos una estrategia,>> dijo Khara.

El grupo sugirió diferentes planes de acción. Braven podía escuchar la voz de cada uno como si estuvieran dentro de un tubo. Sus pensamientos se volvieron confusos. Cerró los ojos y escuchó a alguien preguntarle si se encontraba bien.

***

Braven abrió los ojos y vio que Capria ya se había metido y Kadyen ya se había levantado. Se dio cuenta que ya estaba en el róver. Sentía una migraña horrible. Puso sus manos en su cara, lo que le sirvió a Khara como señal para checarlo.

<<Braven, ¿cómo te sientes?>> le preguntó preocupada.

<<Me duele la cabeza,>> dijo Braven, sin bajar las manos. <<¿Dónde están todos?>>

<<Los gemelos y Jauris están revisando la colonia. Zhan y Whisper están vigilando el róver. Te volviste a desmayar,>> dijo con firmeza. <<Tenemos que llevarte con un médico. Has de tener más heridas de las que pensamos.>>

Braven escuchó cada palabra, pero no entendió lo que decía. Su cabeza le dolía más fuerte con cada latido. El dolor era insoportable. <<¿Qué puedo hacer yo?>> Se le notaba el dolor en la voz.

<<¿Hablas en serio? Te puedes quedar aquí donde

estás, y nosotros nos encargaremos de todo. Ya hiciste suficiente,>> contestó ella.

Pero, ¿qué he hecho? ¿Estaba siendo sarcástica? ¿Les causé problemas a todos? ¿Acaso...? Braven ya no podía pensar más por el dolor. Cerró los ojos con las manos en su cara. Ya no lo soportaba más, y ya quería alivio. Se durmió.

***

Había ruidos alrededor. Trató de abrir los ojos, pero no pudo. Sintió ardor en sus brazos y en su mano izquierda. Sintió un aire fresco. Trató de enfocarse en los ruidos que escuchaba, pero no los podía identificar. Olía algo que no había olido en mucho tiempo. Un olor a limpio. Ya no le dolía la cabeza tanto como antes, pero todavía no la podía mover. Trató otra vez de abrir sus ojos y todavía no podía. Soltó un quejido. Lo volvió a intentar y esta vez un poco de luz llenó su vista. Ya era de día, pero ¿dónde estaba? Se quedó perdido otra vez en la paz de la inconsciencia.

***

Veía sombras, pero otra vez no las podía

distinguir. Khara estaba ocupada en cuidarlo. Siempre había sido una buena amiga. Se le acercó una sombra. Sintió que le tocaba su brazo y su pecho. Le rozó la frente con su mano.

<<Braven,>> vino una voz inolvidable.

Braven juntó todas sus fuerzas para poder abrir sus ojos, pero solo logró abrirlos a medias.

¡Era Mamá!

Braven podía sentir lágrimas llenar sus ojos, y las sintió bajar por su mejilla izquierda. Le sobrevinieron tantas emociones como nunca antes. Empezó a llorar abiertamente, lo cual hizo que su cabeza le doliera más. Gritaba de felicidad. ¿De verdad era Mamá? Si era un sueño, no quería que se acabara jamás.

Sentía manos acariciar su cara. La piel suave de su mejilla tocó la suya. La podía escuchar llorar de alegría.

<<Ve por el Doctor Triton,>> Mamá le dijo a alguien. Su mejilla tocó otra vez la de él con más lágrimas. Braven estaba totalmente envuelto en esta reunión con su familia.

Braven escuchó a su papá exclamar en voz alta y

lo sintió poner sus brazos alrededor de ellos. Gritó y sollozó en voz alta sin parar.

Braven ya podía abrir sus ojos lo suficiente como para ver a través de sus lágrimas a las personas más maravillosas de su vida. Había pensado que nunca los volvería a ver, pero ahí estaban con él celebrando su regreso. Trató de hablar, pero no pudo pronunciar ninguna palabra inteligible. Su dolor había sido reemplazado por la alegría de la reunión. Sus ojos se tornaron aún más borrosos, y se volvió a quedar dormido.

***

Abrió los ojos. Le resultó más fácil esta vez. Su cabeza ya no estaba en agonía como antes, y ya podía oír y ver claramente. Después de unos abrazos y lágrimas, y de limpiarse ojos y narices, el doctor llegó a darle a Braven la bienvenida de regreso al mundo. Le explicó a Braven que había sufrido una contusión con sangrado interno por un golpe severo en la cabeza. Dijo que los demás niños le habían contado de la tormenta y otros incidentes que habían experimentado. El doctor dijo que había tenido suerte de salir con vida, y de que se sanaría totalmente dentro de un mes con un tratamiento de Raspilian y terapia.

Braven captó menos de la mitad de lo que dijo el Doctor Frimstan, pero sabía que sus padres escucharon cada indicación.

<<¿Cuánto tiempo llevo aquí?>> le preguntó Braven a su mamá.

<<Tu equipo llegó aquí antenoche. Los trajeron aquí directo para checarlos. Nos avisaron temprano en la mañana siguiente que habías llegado tú, vinimos directo, y no nos hemos ido de aquí desde entonces. Tus amigos nos contaron que has tenido mucho dolor por semanas. El Doctor Frimstan te tuvo que dar sedantes para ayudarte con la inflamación y el sangrado interno. Es por eso que estabas dormido por tanto tiempo y que estás mareado ahora.

Mamá siguió hablando, pero Braven ya había recibido demasiada información. Pronto su papá le dijo que lo dejara descansar. Braven podía sentir que otra vez le quería ganar el sueño.

***

Braven podía escuchar voces y las trató de identificar. Abrió los ojos lentamente y vio a tres de sus amigos hablando con su mamá. Le estaban platicando de lo maravillosamente que Braven se había portado y del buen líder que había sido para el grupo. Le seguían dando cumplidos por todos sus actos de valentía, pero Braven no se acordaba de ninguno de ellos.

<<Puras exageraciones,>> dijo Braven.

Se estalló una explosión de saludos y risas. Todos querían ver y saludar al héroe del momento.

<<Braven, todos me estaban contando de cómo salvaste sus vidas y los trajiste aquí a salvo,>> dijo Mamá con mucho orgullo.

<<Sólo lo dicen porque es cierto,>> dijo Braven en susurro. Todos se rieron.

Siguieron contando de su viaje con mucho detalle, y con muchos comentarios como <<ah, sí, me acuerdo,>> y <<se me había olvidado.>>

Llegaron los gemelos con su padre. El Doctor Brusque le agradeció a Braven por ayudarles a todos a llegar a la colonia Alfa. Se sentía tan orgulloso de tener a sus hijos de regreso, pero lloraba la pérdida de tantos otros. Explicó que la colonia Delta se había evacuado por una explosión fatal que resultó en una fuga de gas tóxico, así que todos corrieron al barranco 2K a buscar refugio. Tenían el plan de regresar, pero les avisaron de una tormenta a la distancia y descubrieron que había caído sobre la colonia. El grupo cruzó el barranco huyendo de la tormenta, pero luego esta destruyó todos los puentes que se habían construido sobre el barranco. Llegaron a la Colonia Alfa y mandaron un equipo Hilo de regreso por la clase que había ido de viaje de estudios. El equipo regresó de las torres diciendo que no había señales de vida. Evaluaron la Colonia Delta y determinaron que no había posibilidad de sobrevivientes por la destrucción que causó la tormenta, así que se quedaron a vivir en la Colonia Alfa donde lloraron la pérdida de sus seres queridos.

El Doctor Brusque se fue y se quedaron los gemelos con sus amigos. Braven se enteró de que la madre de Khara había fallecido junto con otras veinte personas por la explosión y el gas tóxico. Los padres de Whisper adoptaron a Khara como su hija. Al padre de Zhan lo transfirieron a la Colonia Bravo, así que Zhan había partido con él el día anterior.

Braven vio a sus amigos. Había desarrollado una amistad tan cercana con cada uno de ellos durante los últimos cuatrocientos diez días. Hasta los gemelos le caían bien. Un año antes, Braven ni se imaginaba que su vida cambiaría tan drásticamente. Un capítulo en su vida había terminado, y otro estaba a punto de comenzar. Él y sus amigos seguramente no volverían a pasar tanto tiempo juntos. Se dio cuenta que su vida podría cambiar más rápido de lo que esperaba, así que debía de hacer todo lo posible para crecer y aprender todos los días, divertirse con sus amigos, y sobre todo disfrutar del tiempo que le quedaba.

SOBRE EL AUTOR

Cal Davis está casado con Stephanie desde 1991. Tienen dos hijos maravillosos y cuatro nietos increíbles. A Cal le encanta escribir e ilustrar sus propios libros. Es nativo de Texas, veterano de los Estados Unidos, tiene una licenciatura en educación primaria y ha servido en numerosas juntas, comités y organizaciones comunitarias.

www.ingramcontent.com/pod-product-compliance
Lightning Source LLC
Chambersburg PA
CBHW061235170626
46809CB00007B/2690